JN305811

新装版

汚れた警官

龍 一京

祥伝社文庫

目次

プロローグ

男の神経はピリピリしていた。

暗闇の向こうから、犬の遠吠えが聞こえてくる。

深夜、薄明かりのついた寝室のベッドで、裸になったロシア生まれの妻を腕に抱いたまま、ロシアにいる娘クリスチーンのことを考えながらまんじりともせずに天井をじっと見つめていた。

久しぶりに触れた肌から、体温が伝わってくる。その温《ぬく》もりと柔らかい乳房の感触。そしてぴったり肌を寄せて体を優しくさすっている女の手の感触を感じながら、男は物思いにふけった。

（あれは仕事先で持ちかけられた話。

私ははっきり断わり、警察にも届け出た。けっして間違っていない。あれでよかったんだ……しかし、あの連中がこのままにしておくだろうか。いや、絶対にそんなことはありえない……）

恐怖と苛立《いらだ》ちが男の胸の中で激しく錯綜《さくそう》する。その苛立ちのような感情が、さらに気持ちを昂《たか》ぶらせ、より神経を過敏にしていたのだった。

男が急に険しい顔をした。ドアの入り口に目線を突き立てて、聞き耳を立てる。なにか外で物音がしたような気がしたのだ。

たしかに人が歩くような足音が聞こえたが、風のせいか——。

が、再び、ふと、不安の影がよぎる。後頭部から、すーっと血の気が引くのを感じた。

カッ、カッ、カッ——。

廊下に響く靴音をはっきりとらえた男の背筋が、ぞくっとする。肉体の中をおぞましいほどの悪寒《おかん》が走った。

一人……二人……。

上半身を起こして身構えた男は、聞こえてくる足音から無意識のうちに人数を数えていた。

「あなた、どうしたの?」

動かしていた手を止めた妻が怪訝《けげん》そうに聞いた。

「シーッ……」

男が手で女の口を塞《ふさ》いだ。

生唾《なまつば》を喉の奥へ押し込み、眉間《みけん》に縦皺《たてじわ》を寄せて、食い入るように眼を凝《こ》らした。

ドアの前で足音が停まる。同時にノブが弾《はじ》けとび、床に転がった。

「きゃー！」

妻が叫び体を硬く強《こわ》ばらせて、男にしがみついた。

「誰だ！」

怒鳴った男が、咄嗟《とっさ》に妻の体を抱き締めて身構えた。

ドアが壊れるほど激しく開いた。

暗がりに慣れていた夫婦の眼が、背の高い二人の男の影をはっきりとらえた。

男たちは覆面をしていて、人相はわからない。が、右手に握られているサイレンサーつきの拳銃が、眼にとまった。

「お、おまえたちは……」

男が硬い声で喚《わめ》きながら、さらに強く妻の体を引きつけた。恐怖に身を縮めていた女の体が、激しく震《ふる》えていた。

黒い服に身を包み、覆面の下から冷たい眼を光らせた男たちが、黙ってベッドへ近づき、銃を突きつけた。

「な、何をする……やめろ、妻に、妻に手を出すな……」

銃を目の前に突きつけられた男が、唾を喉に詰まらせながら、やっとのことで声を出した。

覆面の男の口が歪《ゆが》む。薄い唇の間に白い歯をのぞかせ、ぞっとする冷笑を浮かべた。

男のこめかみに銃口が突きつけられる。もう一人の男が、革手袋をはめた手で、女の髪をわしづかみにし、有無《うむ》を言わさず、寄り添っている夫婦を引き離した。

「イヤー、やめてー！」

女が叫ぶ。

「やめろ！　女房に手を出すな！」

喚く夫婦の声を無視して、覆面の男が、裸の女の体をベッドの上から引きずり下ろす。

下半身を覆《おお》っていた毛布がベッドの下にずり落ちる。

覆面をした男たちの前に、女の裸身がさらされた。男は、救《たす》けようにも銃口を突きつけられていて身動きが取れない。震える声で制止するのがやっとだった。

「や、やめろ！　ウグー……」

男の声はそれ以上続かなかった。

銃底で、したたか顔面を殴りつけられたのだった。

のけぞり倒れかかる体を、両手でやっと支えた男の眉間《みけん》が、ざっくりと切れた。

開いた傷口から血が噴き出す。目頭《めがしら》の窪《くぼ》みから鼻の両側に、鮮血が糸を引いて流れる。

唇の間に滲《にじ》んで、白い歯を赤く染めた。

女は、やめて、と叫んだつもりだった。だが、恐怖のためからか、声は口元をついて出てこなかった。

仰向けにベッドの上に引き倒され、手足をばたつかせて、懸命に抵抗する女の白い肌が、男たちの見ている前で艶《なま》めかしく、卑猥《ひわい》に動く。

覆面をした男が、ぶるぶる震えている女の眉間に銃口を突きつけ、その銃を上から下、下から上へと滑らせ、撫でまわした。

女の皮膚の表面が鳥肌だつ。体を硬直させて両腕で胸を隠す。見上げる眼差《まなざ》しは怯《おび》えきっていた。

胸元に盛り上がった大きな乳房を見た男が、ニヤリと口元に冷たい笑みを浮かべる。なぶり者にすることを愉《たの》しんでいるのか、銃口を突きつけ脅しながら、革手袋をはめた手で、柔らかい乳房をゆっくり揉むようにして撫でた。

「やめろー！」

血だらけになった男が叫ぶ。

フフフ……口の中にこもった含み笑いを漏らした男が、女の乳房から手を離して、下半身の薄く赤茶けた恥毛を食い入るように見つめた。

そして、いきなり両脚をすぼめている女の股間に、銃口をむりやり押し込む。

「やめろー！　女房に手を出すな！」

男が喚いた瞬間、その頭に銃口を向けていた別の男が、女の見ている前で銃の引き金を引いた。

がくっと頭を後ろへ振り、裸の男が、声にならない声を出した。

後頭部から鮮血が飛び散る。激しく体を痙攣《けいれん》させた。

「キャー！　ウグー……」

叫んだ女の肉体が弾け、ベッドから跳ね上がる。

秘陰から銃弾を打ち込まれたのだった。女は、苦悶《くもん》に顔を歪め、断末魔の苦しみにのたうちまわる。股間から噴き出した真っ赤な血が、糊《のり》の効いた白いシーツをみるみる赤く染めた。

覆面をした男の一人が、息絶えた裸の男の死骸を、絶命している女の肉体に重ねた。

男女の屍《しかばね》を覆面の中から冷たく見下ろした男たちが、互いに顔を見合わせ、合図をするように無言でうなずき合う。

一人がポケットから手榴弾《てりゅうだん》を取り出した。

折り重なった男と女の体の間に、その手榴弾を挟み込む。再び顔を見合わせ、男の一人が先に部屋を出る。

部屋に残った男が、男女の死体から眼を外して、ちらっと腕時計を見る。先に部屋を出た男が建物から遠ざかるのを待っていたのだ。

手榴弾の安全ピンを抜くと、四、五秒で爆発する——頭の中で爆発するまでの時間と、逃げる距離を計算した男は、表情を強ばらせた。

安全ピンを、抜き取る。男は身をひるがえして部屋の外へ走った。

一秒、二秒、三秒、四秒——。

死骸に挟まれた手榴弾が、大音響をとどろかせて爆発した。

噴きあがる炎と白煙の中で、殺された男女二人の肉体が無残に引き裂かれ、粉々に千切れて飛び散った。

一章　死体の恐怖

1

事件があった五年後——。

夕暮れの東京湾、青海埠頭《あおみふとう》はすっかり様変わりしていた。

一九九三年八月二十六日に開通した『レインボーブリッジ』から南東の方向にある外貿定期船埠頭に、ロシアの貿易船が大きな船体を接岸している。

薄暗い岸壁には赤色灯を回転させた覆面パトカーが乗りつけ、制服の警察官や私服の刑事がものものしい警戒をしている。周囲は重々しい空気に包まれていた。

麻薬と拳銃の密輸容疑で、ロシア船の検索が行なわれている。その現場に、港南水上警察署地域課の巡査伊吹龍次《いぶきりゆうじ》と、先輩の巡査長遠藤満照《えんどうみつてる》も応援にかり出されていた。

海上保安庁の職員をはじめ、制服の警察官が周りを固めている中、本部麻薬課の警部岩《いわ》渕正敬《ぶちまさたか》のもと、ロシア語の堪能《たんのう》な外事課の巡査部長西口真司《にしぐちしんじ》と、捜査一課の警部補片山義《かたやまよし》信《のぶ》のほか、保安課、捜査四課の刑事二十人あまりが、船内で捜索をはじめていた。

船内には男の船員に交じって、若い女の船員が七、八人乗っている。強《こわ》ばった表情を向けて、じっと捜査のなりゆきを見守っていた。

捜索に立ち会っているロシア人の船員、コスネンコとカダノフビッチの傍《そば》で、西口が話をしている。

四十歳のコスネンコと二歳年下のカダノフビッチは、ともに旧ソ連の諜報《ちょうほう》機関の出身というだけあって、鋭い眼付きをしている。

一八〇センチの身長があるコスネンコと、それよりわずかに高いカダノフビッチの鍛えられた体は、見るからに筋肉質でがっしりしていた。

その二人から少し離れたところで指揮をとっていた岩渕のもとへ、片山が報告に来た。

「警部、どこを捜しても見当たりません」

「ない？　見つからないで済むと思っているのか！」

酒焼けした赤ら顔をさらに赤くして怒鳴りつけた岩渕は、小柄で、でっぷり太っている。一七五センチの身長がある片山も岩渕の横に並ぶと、細く見えた。

「捜せ、徹底して捜すんだ！」

「ハッ、わかりました」

顔を緊張させて返事をした片山が、すぐ船内に消えた。

その後ろ姿を見送っていた岩渕の傍に、コスネンコたちと話していた西口が、二人から離れて歩み寄ってきた。

「どうだ、なにか事情がつかめたか」

「それがですね、ブツは、一緒に乗船していたキリジンスキーに管理させていたらしいのですが、小樽《おたる》で停泊している間に姿を消したそうです」

「何だって？　それじゃキリジンスキーが持ち逃げしたというのか！」

「はい、申し訳ありません……」

「すぐ小樽へ連絡しろ。絶対に逃がすな！　どんなことがあっても取り戻すんだ！」

激しい口調で命令している岩渕は、高校を出たあと三年ほど会社勤めをして、平の巡査から四十五歳のいま、警部にまでのしあがってきた男だった。

生来持った負けず嫌いな性格と、学歴がない悔《くや》しさから、仕事だけは誰にも負けたくない、と思っている。気性の激しさもそれに加わり、すぐに感情を剝《む》き出しにする。

岩渕は、恐ろしいほど難しい顔をして、船内に下りた。

船内は小柄な岩渕でも頭を上げて歩けないほど狭い。貨物船だからか、迷路のように入り組んだ細い通路があり、船室もまるで物置のような状態だった。

「隅々までくまなく捜すんだ」

岩渕が、懸命に捜索している私服の刑事をつかまえては、がなりたてる。

「警部、やはり見つかりません。本当にこの船に積み込んだのでしょうか」

「弱音を吐くんじゃない。捜すのがおまえらの仕事だ。ぼやぼやするな！」

と、岩渕が激しい言葉を浴びせかけていたころ、船外では、捜索の応援にかり出されていた派出所勤務の伊吹龍次が、先輩の遠藤と警戒に当たっていた。

船の中に船員の制服を着た七、八人の美女が乗っているのをちらっと見かけた伊吹は、何かちぐはぐな感じを抱きながら、遠藤に話しかけた。

「船員といえば男ばかりと思っていたのですが、けっこう若い女が乗っていますね」

「そうだな」

「いまロシアでは、インフレからますます貧富の差が激しくなっていますし、KGB《カーゲーベー》などの秘密諜報機関で働いていた者が職を失って、マフィアの構成員に身を落としたり、金欲しさから売春組織に手を染めている大学教授や政府の高官もいるらしいじゃないですか」

「政治も経済も破綻《はたん》しかけているロシアの現状が、武器や麻薬の密輸を公然とやらせているといえるかもしれないいな」

「そういえば、兵器をなりふり構わず外国へ売ろうとしている、そんな記事が新聞に出ていましたし、テレビでも報道されていました。考えてみると、金のある日本を狙《ねら》ってマフィアが動いていても当然ですね」

「日本のヤクザも暴対法ができて、徐々に様変わりしようとしている。これから先、ヤクザが生き延びるためには、大同団結してゆくしかないだろう」

「そうしますと、日本のヤクザとロシアのマフィアが、互いに手を組むということもありえますね」

「人間誰しも生きるか死ぬかの瀬戸際に立たされ、追い詰められたときは綺麗事など言っておれない。ロシアではKGBの組織が事実上崩壊し、そこで諜報活動をしていたエージエントが秘密組織を作っている」

「それがロシアのマフィアですか」

「そうだ、KGBのスパイ用語で『バーバヤ』（戦闘的）と呼ばれている秘密組織ができているらしい」

「なるほどKGBの連中がですか。そいつらなら政権の中枢を支えてきた人間だし、いろいろな情報を握っている。軍とのつながりもあるでしょうから、武器や麻薬を調達するのはそう難しいことではないでしょうね」

伊吹は、さすがに遠藤は詳しく知っていると思い、感心していた。

「伊吹、GRU《ゲーアルウー》という旧ソ連の組織を知っているか」

「たしか、身分を隠して西側諸国へ密《ひそ》かに潜入し、諜報活動をしていた殺し屋集団ではないですか。実態ははっきり知りませんが、本で読んだことはあります」

「そのとおりだ。旧ソ連時代、西側諸国に駐在していたソ連高官のうち、半数以上がこのGRUのエージェントだったといわれている。つまり外国のテロリストを養成したり、意欲的に諜報活動をしていたといわれている組織だ」

「はい……」

「そのGRUに所属していた大勢の人間が、食うため、生活をするために、やはり、KGBの者と同じように『バーバヤ』に入ったらしい。このロシア船にも何人か、組織の者が潜《もぐ》っているかもしれない」

「そうしますと先輩、その『バーバヤ』と呼ばれているロシアのマフィアは、日本のヤクザ以上ということになりますね」

「たぶんそうだろうな。KGBやGRUという秘密諜報員崩れの者が作った組織だとすれば、日本のヤクザとコネを作るくらいは簡単なことだ」

遠藤は、周囲に厳しい警戒の眼を向けながら、いつになく真剣に話した。

大きくいちいちうなずきながら説明を聞いていた伊吹は、ロシアの貿易船が拳銃や麻薬の密輸をしていてもおかしくない、と思いながら、一方で遠藤自身のことを考えていた。

遠藤先輩はひじょうに見識が高い。それなのに先輩は、なぜ昇進もしないで巡査長のままでいるのか。それに刑事をやめて派出所の勤務を自分から希望したのはなぜだろうか。

普通なら、もうとっくに警部補くらいにはなっていてもおかしくないのに——。先輩は、人それぞれに考え方や生き方は違う、昇進がすべてではない、派出所勤務も愉《たの》しいものだと言って満足している。

たしかにそのとおりかもしれない。しかしこの警察組織の中にいるかぎり、いちばん下っ端の階級ではなにもできない。

上から命令されれば、よくても悪くても命令どおりに動くしかない。右を向けと言われれば右、左を向けと言われれば左を向くしかないのだ。

命令には絶対逆らうことができない。それが階級社会である警察組織だ。巡査から巡査部長、警部補、警部、そして警視と階級が上になればなるほど、自分の思いどおりに仕事ができる。それなのになぜ、能力のある先輩はそうしないのだろう――。

伊吹は、そこのところがどうしても納得できなかった。

警察官になった以上、誰でも昇進したい。刑事になりたい、パトや白バイに乗ってみたい、風俗の取り締まりをしてみたい、要人警護をしてみたいなど、それぞれ将来進みたい道を考え、希望を持っているはず。

考えようによっては、制服を着て派出所や駐在所で勤務することも、仕事の幅が広いから専門分野に入るより面白いかもしれない。

しかし、誰だって本音の部分では、定年まで巡査のままでいたくはない。上司にこき使われたくないと思っている。何もかも諦《あきら》めてしまったら、あまりにも虚《むな》しすぎる。遠藤先輩は欲がなさすぎるんだ――。

伊吹には、昇進したいという欲もあったし、捜査四課の刑事になりたいという強い希望もあった。

というよりも、捜査四課の刑事になりたいと思ったのが警察官になった動機なのだが、そのきっかけは、些細《ささい》なことだった。

他人から見ればほんの些細なこと、取るに足らないことなのかもしれない。だが伊吹にとっては、自身の将来を左右する大きな出来事だった。

学生時代、新宿へ遊びに出ていて、顔を見たとか見ないとか、そんなつまらないことで因縁《いんねん》をつけられ、ヤクザと大喧嘩《おおげんか》して足腰立たないほど、こっぴどく痛めつけられたことがある。

それにもう一つ。親友が、たまたま街で知り合った女とつき合いはじめた。だが悪いことに、その女がヤクザ絡みだったこともあって、半殺しの目に遭《あ》い、手を切るのに慰謝料《いしゃりょう》という名目で大金をふんだくられた。

そんな苦《にが》い過去が身の周りにあっただけに、できれば捜査四課の刑事になって暴力団と対決したいと思っていた。だから、よけいに派出所勤務に甘んじている遠藤の考え方に納得できず、不満を抱いていたのだった。

2

伊吹龍次が警視庁の巡査を拝命し、港南水上警察署に新任警察官として赴任してきたのは、二十四歳の春だった。

それから二年経ち、第一線の仕事にも慣れ、どうにか一人で事件処理もできるようになり、毎日張り切って勤務に就《つ》いていた。ロシア船捜索から一週間経ったその日も当直勤務で、先輩の巡査長遠藤満照と、深夜、品川《しながわ》埠頭を警らしていた。

東京湾に面してずらりと倉庫が並んでいる。港南水上警察署のすぐ南にある港南大橋を渡ると、首都高速一号線が南北に走っている。海を隔《へだ》てた北側は芝浦《しばうら》桟橋になっていて、そこに警視庁第一自動車機動警ら隊がある。

さらに東側はお台場《だいば》海浜公園があり、そのお台場から芝浦桟橋に向けて、完成したばかりの『レインボーブリッジ』が海の上にかかっている。

昼間は船舶の航行も激しいのだが、夜ともなると、昼間の活気がウソのように静まりかえる。

午後十一時すぎ、静かな闇に包まれている東京湾に、近代技術の粋《すい》を集めた全長八百メートル、高さ百二十メートルの吊橋《つりばし》『レインボーブリッジ』が、夜空の中にくっきり浮かび上がっていた。

首都高速十一号線として完成したこの『レインボーブリッジ』は、風速六十メートルの強風にも耐え、大地震にも耐え得るように設計されているという。

横浜にある『ベイブリッジ』よりさらに美しい吊橋が、七色の虹に見立てたサーチライトに照らしだされている。

埠頭の明かりが海面に反射して、きらきら輝いている。そのきらめく明かりと波に揺れる橋影のコントラストが、見るからに神秘的、幻想的な光景を映《うつ》しだしていた。

この辺りの埠頭には外国の貿易船が停泊している。人っ子一人いない岸壁に接岸している巨大な船体を見ていると、何か薄気味悪い感じさえする。

「伊吹、渋谷北警察署に転勤する話があるそうだな」

遠藤が、歩きながら手に持っている警棒の先を、左手の手のひらに当て、軽く叩くようにしながら聞いた。遠藤は半年前まで渋谷北警察署に勤務していたのである。

遠藤はいま三十二歳だが、まだ独身である。一八二センチで九〇キロある伊吹の傍にいると一回り小ぶりに見えるが、それでも一七八センチの身長と七五キロのがっちりした体格をしている。

短く刈り上げた髪型と色黒の顔。それに渋谷北警察署にいたときは、捜査四課の私服刑事として極道相手をしていたせいもあるのだろう、鋭い眼付きをしていた。

だが、遠藤は、極道相手の仕事がいやになったのか、港南水上警察署に転勤を願い出て、自分から刑事をやめ、制服を着て派出所勤務に就いたのだ。

伊吹は周囲に警戒の眼を向けながら、はい、と返事をした。

「おまえ、将来はどんな仕事をしたいと思っているんだ。刑事になりたいのか、それともパトに乗るか白バイに乗るか、機動隊へ行くか、希望はどこだ」

「俺が警察官になりたいと思ったのは、捜査四課の刑事になって極道相手の仕事をしたいと思ったからです。俺の性格にいちばん合っていますから」

伊吹が眼を輝かせて、はっきり言った。

「そうか、四課か……たしかおまえ柔道四段、拳銃は上級だったな」

「はい」

「まあその腕とおまえの気性の激しい性格からすれば務まるだろう。きっといい刑事になれる。頑張れよ」

遠藤は喋《しゃべ》りながら一人でうなずき、じっと何か考えていた。

捜査四課の刑事になりたいと思っていた伊吹は、遠藤を尊敬していた。

伊吹自身、警察学校にいたときから、教官に「おまえは気が短いし、荒い。それをなんとかしなければ警察官としては務まらない」と言われていたし、自分でもそう思っていた。

だが、遠藤の気性も伊吹に輪をかけて激しかった。どちらかといえば親分肌なところがある遠藤は、頼ってくる伊吹が自分と同じような性格をしていたからだろう、兄貴のようによく面倒を見ていた。

（俺も先輩のような警察官になりたい――）

伊吹はそう考えていた。

たしかに警察の中で階級はいちばん下っ端だが、人間として頼れるし信頼できる。そんな遠藤の性格が伊吹に男としての魅力を感じさせ、引きつけていたのだった。

「先輩、先輩はたしか捜査四課にいたことがありましたね。なぜ刑事をやめて派出所勤務に戻ったのですか」

「特に理由はない……」

遠藤が眉をひそめた。

ふつう専門職に就くと、よほどのことがない限り、まず派出所勤務へ戻ることはない。いったん刑事になれば、転勤してもまた刑事として過ごす。ほとんど、定年まで刑事として勤める。なぜなら、刑事は、実務経験がモノを言う部署だからだ。

経験の積み重ねによって刑事としての腕を研《みが》いてゆくのだが、その点、派出所勤務は地理案内から交通整理、指導取り締まり、犯罪捜査とその職務範囲は広い。

いわば、警察の窓口と言っていいだろう。庶民と直接接することで幅広く情報を集め、警察の仕事をこなしてゆく、それが派出所勤務だ。

それだけにまだ経験の浅い伊吹には、なぜ遠藤が刑事をやめて派出所に戻ったのか理解できなかった。

「俺は、派出所の仕事より、刑事のほうが仕事としてはずっとやりがいもあるし、面白いと思うのですが……」

「なぜそう思う」

「犯罪捜査をするときでも、派出所勤務ですと事件が起きて被害届を受けるくらいで、あとの捜査は刑事課に引き継ぎます。最後まで捜査して犯人を追いかけ逮捕するということはできないじゃないですか。言ってみれば、事件の受付け係みたいなものです」

伊吹は何か中途半端な感じがして、それを不満に思っていたのだ。

「そう思うか……たしかにおまえの言うとおり派出所勤務は仕事の範囲が広い。しかしな伊吹、派出所勤務は多くの人と直《じか》に接することができる。そこには、人の苦しみや愉しみといった表情がある。人間の本当の姿に接することができるだけ、またやりがいもあるんじゃないのか」

「そんなもんですかね……」

「人の生きざまや考え方は人それぞれだ」

「それはそうですが……」

「俺も新任警察官として初めて赴任してきたときは、今のおまえと同じような考え方をしていた。しかし、専門職が必ずしもいいとは限らない。傍《はた》から見るのと違って刑事は刑事なりに悩みもあるし、苦労もある。専門職であるがゆえに、あの手この手を使って陥《おとしい》れようとする相手も大勢いる」

「陥れる？」

「そうだ。犯罪者は自分の犯した罪を隠そうとして、どんな汚い手でも使ってくる。誘惑も多い。もちろん、犯罪者やその家族には気を遣ってやらなければならない。しかし、情に流されるとこっちが首をくくることになる。おまえが暴力担当の刑事になりたいのなら、正義だけでは通用しないということを、肝《きも》に銘じておくんだな」

遠藤は自分に言い聞かせるように話して、ひとりでうなずいていた。

「そうですか……」

伊吹は返事をしながら、まだ遠藤の言っている意味がはっきりとは呑み込めなかった。

警察学校にいたとき教官から、第一線に出たら教科書には書いてない、いろいろな事象に直面する。その時にどううまく対処して、自分の正義を貫くか、そこが大事なところ。警察は権力を持っている。それだけに世間の誘惑も多いと教えられてきた。

たしかにほかの府県でも、現職の刑事が暴力団から金をもらったという事件があった。贈収賄《ぞうしゅうわい》の記事も新聞に出ていた。

だから、犯罪者からの誘惑に乗るな、気をつけろと言っている遠藤の言葉の意味は理解できる。しかしそうした事実に直面したことのない伊吹は、本当の意味での理解ができなかったのだ。

ただ、そうした犯罪者の口車に乗せられないように、気をつけていればいい。要は自分自身がしっかりしていれば、たとえ誘惑があったとしても、絶対に悪に手を染めることはない。伊吹はそう考えて遠藤の話を聞いていたのだった。

「伊吹、あれはなんだ」

突然、遠藤が警棒で海面を指し、声を強ばらせた。

「どこですか」

と言いながら、伊吹が警棒の先に視線を凝《こ》らした。

たしかに何かが海面に浮いている。闇に沈んだ海面のところどころを、レインボーブリッジの光彩が照らしている。その物体は、波に揺られながら、闇にまぎれたり、光に彩られたりしていた。はじめはゴミかと思った。

「死体じゃないか」

「えっ」

伊吹は死体と聞いたとたん、顔から血の気が引いてゆくのを覚えた。

遠藤が懐中電灯を浮遊物に当てた。伊吹はさらに眼を凝らした。

恐いもの見たさの心理が働いたのか、静かな波間に、ゆらりゆらりと揺れている浮遊物から眼が離せなかった。

幸いというか、運がいいというのか、港南水上警察署に赴任してきて一度も死体に遭遇しなかった。警察学校のとき、法医学の授業や犯罪鑑識の授業で、死体の写真は見たことがある。だが、実際に死体を目《ま》のあたりにするのは初めてだった。

自分でもなぜかわからなかったが、波に揺られている死体をはっきり確認した伊吹は、足が竦《すく》んで動かなくなった。

（たかが死体じゃないか。何を恐がっているんだ……）

伊吹は自分で自分に言い聞かせた。

だが、頭で考えるほど気持ちは割り切れなかった。

何かわけのわからない恐怖が付きまとい、死体の傍へ行って確認しなければという気持ちと、傍に行きたくないという本能が葛藤《かっとう》する。

足が竦み体が硬くなって、関節がガクガクと震《ふる》えはじめた。

だが足の裏が路面にへばりついているようで、思うように体が動かない。頭が混乱していて、何をどうすればいいのか咄嗟《とっさ》に判断できなかった。

「伊吹、何をもたもたしているんだ。本署に連絡しろ！」

遠藤の厳しい指示が飛ぶ。

「は、はい」

伊吹が声を喉に詰まらせて、やっと返事をした。

3

伊吹が本署に電話を入れてから、捜査一課の刑事と鑑識課員が現場に駆けつけるまで、ものの十分とかからなかった。

死体を引き上げるために出したゴムボートに、遠藤と捜査一課の主任刑事が乗り込む。伊吹はまだ躊躇《ちゆうちよ》していた。しかし、先輩たちが先に乗っているのに、気持ちが悪いからといって、新任の自分が逃げだすわけにはいかない。伊吹は重い足を引きずるようにして、いやいやながらボートに乗り込んだ。

死んでいたのは女だった。

俯《うつぶ》せになって浮いている死体を見ていた伊吹の背筋が、ぞくぞくっとする。胸がむかむかしていまにも反吐《へど》が出そうだった。

着ている服が浮袋のようになって膨らんでいる。下半身と両手は水の中に浸《つ》かっていて見えなかったが、懐中電灯の灯に照らし出された頭髪が波に揺られて、ゆらゆらとなびいていた。

周囲が暗いだけに、よけい眼が死体に集中する。伊吹の顔は真っ蒼になっていた。緊張からか、口の中に滲《にじ》み出てくる唾液が粘《ねば》る。渇いた唇を舌の先で舐め、粘った唾液を喉の奥へ押し込む。

死体を見たくない、無意識のうちに眼を背《そむ》けようとする。だが、恐怖心が気持ちに逆らって眼を死体に釘づけにする。顔を背けようとすればするほど気になった。

「伊吹、そっと引き寄せるんだ。腐乱していたら皮膚が破けるからな。死体を破壊しないように気をつけるんだ」

遠藤が浮いている死体に手を差し伸べながら注意した。

（死体がもし腐乱していたら、あの髪の毛が抜けるかもしれない。手に触れればずるっと皮膚が剝《む》けるかもしれない……）

そんなことを考えて、伊吹の体がぶるっと震える。手といわず足といわず、首筋から体全体にみるみる鳥肌が浮き上がってきた。

遠藤の言葉が、耳にはっきり聞こえているのだが、死体に気をとられていて、ただ黙ってうなずくのが精一杯だった。

「おい伊吹、早く死体を寄せるんだ」

主任の刑事が怒鳴る。

（たかが死体じゃないか、息が止まっているだけじゃないか……）

伊吹は、必死で自身に言い聞かせながら落ち着こうとする。だが、その気持ちとは裏腹に、震える体が強ばり、どうしても手が出せなかった。

焦《あせ》る伊吹をちらっと見た遠藤が、黙って浮いている死体の服をつかんで、そっとボートの縁《へり》へ引き寄せる。悪いことに伊吹の方に死体の頭が向いた。

新任警察官が死体を抱えるときは、必ず頭の方を持たされる。そうした話はよく先輩から聞かされていた。

死体が目をつぶっているとは限らない。頭の方を持つと、目を剝いている死人の顔をまともに見なければならない。しかし、変死体を恐れていたのでは仕事にならない。新任のときは誰でも死体を恐がり、気持ち悪がる。だから死体に慣れさせ、度胸をつけさせるということもあって、頭部を抱えさせるのである。

「いいか伊吹、むりやり引っ張るんじゃないぞ。抱きかかえるようにして、丁寧に扱うんだ」

「は、はい……」

伊吹はやっとのことで返事をすると、無我夢中でボートの縁から身を乗り出し、水中へ手を突っ込んだ。

両手を死体の胸元に回す。腕力に自信のあった伊吹は、目をつぶり、顔を背けて、力まかせに引き上げようとした。

だが、死体は考えていたよりずっと重かった。とても持ち上げられなかった。

グラッとゴムボートが傾く。

アッと、声をあげたとたん、伊吹の体がバランスを失った。こともあろうにゴムボートの上から女の死体の上へ、覆《おお》い被《かぶ》さるように投げ出された。

「ひーっ！」

伊吹が喉を詰めたような叫び声をあげ、無意識のうちに死体を押しのけた。

強く上から押された死体が、ゆっくり水の中に沈む。

だが、悪いことは重なるものである。慌《あわ》ててボートの縁につかまった伊吹の顔の前に、髪の毛を絡ませた女の蒼白い顔がぽっかり浮き上がってきた。

伊吹はもう何が何だかわからなかった。

「何をしてるんだ、おまえは！」

頭の上から怒鳴り声が聞こえる。だが伊吹は、誰の声かと考える余裕も、冷静さも失っていた。

「濡れついでだ、下から死体を押し上げろ」

そんな指示が聞こえる。

生きている人間なら恐い相手はいない。そんな自信を持っていた伊吹だが、死人となるとまるで勝手が違う。再び死体を触るなど、とんでもないと思った。

何しろ死体に触れたのは初めてだったし、しかも、その死体の上に重なったのだからたまらなかった。

水の冷たさもあるが、死体はその冷たさとはまったく違っていた。

「おい、大丈夫か!」

と声をかけた遠藤が、海面に仰向《あおむ》けになって浮いている女の顔を見て、思わず息を呑んだ。

伊吹は、みるみる蒼ざめてゆく遠藤の顔色を見て、変死体には慣れているはずの先輩でも、やはり気持ちが悪いんだ、あんなに驚き、動揺していると思った。

「伊吹、おまえ、手に何を握っているんだ」

主任刑事が言う。

「えっ」

水中に浸けていた手を見つめた伊吹が、再び喉を絞められたような声をあげた。つづいて、

「うわーっ」

と大声で喚《わめ》きながら、その手を激しく振りまわした。

女の死体と重なったときは気づかなかったのだが、抜けた髪の毛が、右手にべっとりまとわりついたのだ。

濡れた髪の毛は、手を振れば振るほど、絡みついてくる。伊吹の顔色は、死人と同じくらい蒼ざめ、引きつっていた。

しかし、遠藤も、一緒にボートに乗っていた刑事も、鑑識課員も、誰一人として悲鳴をあげた伊吹を軽蔑《けいべつ》したり、笑ったりする者はいなかった。

平気な顔をして死体を扱っているベテランの刑事でも、警察官になりたての頃は、変死体と聞いただけで恐怖を感じ、一度や二度は身の竦む思いをした経験があったからだ。

初めて死体と対面し、死体を触ったときに感じる、あの、背筋がぞっとするような、何とも言えない冷たさ、神経がぶち切れそうなおぞましさ、恐怖を、少なくとも今の伊吹と同じように覚えたことがあったからである。

「おい、何をしてるんだ」

岸から大声が飛ぶ。

「伊吹が海の中から死体を支えようと、飛び込んだんです」

刑事のひとりが庇《かば》うように返事をする。

二基、三基と、投光機の明かりが、ゴムボートにしがみついている伊吹と、浮いている死体を身じろぎもせずに見つめている遠藤の顔を照らしだす。

伊吹は片手でボートの縁をしっかりつかんだまま、腕に絡みついた髪の毛を取ろうと夢中になっている。海水の中に手を突っ込んだり、海面を叩くような仕草をして大きな体を必死で動かしていた。

遠藤は、制服の袖もまくらず黙って海水の中に腕を突っ込み、伊吹の体に締めている帯革をつかんで、ボートの上に引き上げようとした。

伊吹の体は重かった。何しろ体重が九〇キロもある。それに拳銃や手錠などの装備品を身につけているし、ずぶ濡れになっている。制服が海水を吸って、体重を合わせると一〇〇キロ以上の重さになっているだろう。一人の力で引き上げるのは無理だった。

グラッとボートが揺れる。遠藤の体が前のめりになる。その体を刑事が後ろから支え、どうにか体勢を立てなおして、再び伊吹の体を引き上げにかかった。

伊吹は何も喋れなかった。抜けた女の頭髪を腕に巻きつけたまま、無我夢中でボートの上へ這《は》い上がった。

拳銃が海水に濡れたことも、体がずぶ濡れになっていることも気にする余裕などない。ただ絡みついた髪の毛を指先で取ろうと躍起になっていた。

だが、気が動転し、焦っているからか、頭髪はもっと複雑にまとわりついた。

「伊吹、こっちに腕を出してみろ」

と言って遠藤が腕を取った。

ポケットから取り出したハンカチを膝の上に広げた遠藤は、指先に絡みついた毛を少しずつ外した。そして、大切なものを扱うように、その長い髪をハンカチの上へ丁寧に揃えて置いた。

絡まっていた髪が取れた伊吹が、ほっとしたように顔を緩《ゆる》めた。

すでに死体は腐敗しかけていたのだろう、髪は束になるほど抜けていた。

やっと落ち着きを取り戻した伊吹は、大きく肩を動かし溜《た》め息《いき》混じりの息を吐き出して、遠藤の方に視線を向けた。

遠藤がハンカチに包んだ髪を、制服の横ポケットに収《しま》い込んでいる。その様子を見た伊吹は、なぜあんなものを、と怪訝《けげん》に思った。

（そうか、髪の毛一本といえども大事な証拠品。だから先輩は丁寧に扱っているんだ。それなのに俺ときたら……）

と、冷静さを失ってしまった自分のふがいなさを恥じて、つよく反省した。

死体はそれから間もなく岸へ引き上げられた。検視が始まる。ずぶ濡れのまま真っ蒼になって死体の傍に立っていた伊吹は、まだ震えが止まらなかった。

（俺は何を恐れているんだ。気持ちが悪いと思うからなおさら気になるんじゃないか。恐くない、恐くない。人間死んでしまえばただの物体じゃないか）

伊吹はそう自分に言い聞かせながら、懸命に嫌悪感を抑えつけ、検視を見つめていた。

女は頭を拳銃で撃たれていた。血は海水で洗われていたが、たしかに銃痕が残っていた。それに、白くふやけている死体の手首と足首に、紐《ひも》か何かでくくられたような黒い痣《あざ》がついていた。

拷問《ごうもん》したあとで射殺したに違いない。

遠藤は、険しい表情をして、動かぬ女の顔をじっと見つめていた。

4

当直明けの翌日、伊吹は非番日だったが、すぐには帰れなかった。司法解剖に立ち会わされる破目になったのである。

法医解剖には、行政解剖と司法解剖の二種類がある。行政解剖というのは、死因に犯罪性がない死体を解剖することをいう。が、司法解剖は、死因が犯罪に関わっているのではないかと疑いを持ったときにする解剖である。

伊吹たちが発見した女の死体は暴行を受け、拷問された形跡が明らかにある。それに、頭部を拳銃で撃たれた傷もある。だから司法解剖に回されたのだ。

伊吹はまだ気分がすぐれなかった。昨夜は死体を見たことで神経が昂《たか》ぶり、眠れなかった。仮眠室の天井を見ていると、死体が瞼《まぶた》の内側にはっきり見えてくるのだ。

目をつぶって何も考えまい、忘れよう、忘れなければと思えば思うほど、あの、蒼白くふやけた気味の悪い女の顔が思い出されてくる。いくら頭の中から打ち消そうとしても、ますます鮮明に浮かんできてどうにもならなかった。

それればかりではない。死体を触ったときの冷たさが手にはっきり残っているし、死体独得の悪臭が鼻について離れなかった。

伊吹は解剖に立ち会う前、遠藤に誘われて署内にある食堂へ行った。腹は減っているのに食欲が出なかった。味噌汁と漬物くらいなら腹に入るだろう、と思いながら出された白菜の漬物を箸《はし》で摘《つま》み、口へ運んだ。

だがその考えは甘かった。漬物の匂いが鼻につく。ウウッ、と低い呻《うめ》き声を漏らした伊吹は、今にも吐きそうになった。

今まで平気で口に入れていた白菜の漬物の匂いと、死臭がそっくりだったからだ。

警察学校で、犯罪鑑識の授業を受けたとき、教官から、死体の腐った匂いと、タコやイカの酢の物の匂いはよく似ている。そんな話を聞かされたことがある。

実際に死体の匂いを嗅《か》いだことのなかった伊吹は、酢の物を口にしても、なんだ、こんな匂いか、とその程度の受け止め方しかしていなかったし、まったく気にもならなかった。

しかし、初めて本物の変死体に触り、匂いを嗅いでみて、酢の物だけではなく野菜の漬物までが死臭とそっくりだということに、初めて気がついたのだ。

伊吹は、眠れず疲れているところへもってきて、胸をムカムカさせながら解剖に立ち会わなければならなくなった。

「伊吹、どうした。死体のことが気になっているのか」

遠藤が平気で食事をしながら聞いた。

「いえ、別に……」

「慣れればどうってことはない。そのうち何とも思わなくなるさ」

「はあ、しかし……」

「おまえも経験を積めばわかってくる」

「そんなものでしょうか……」

「おまえがどんなにイヤだと思っても、警察で仕事を続けるかぎり死体とは縁が切れない。死体とうまくつき合うことだな」

「えっ、そんな……」

伊吹は驚いたような顔をして、遠藤を見つめた。

遠藤は別に冗談を言っているふうでも、からかっているふうでもなかった。

「俺の知り合いに産婦人科の医師がいるが、診察のためとはいえ、毎日生身の女の股間を見ている。そのつど欲情をもよおすと思うか」

「いえ……」

伊吹はまったく違う話を持ち出され、返事に戸惑った。

「産婦人科の医者が、診察するたびに患者の女を抱きたいとか、いちいち考えていたら仕事も何もできたものじゃない。そうだろ」

「それはそうですが……」

「たしかに医者になりたての頃は、珍しさとか好奇心から、女が診察に来たらいろいろなことを想像したり、実際にあそこを見て興奮もしたらしい。しかしものの一週間もすると平気になり、冷静に診察ができるようになったそうだ」

「そうですか……」

「死体は俺たちに事件の内容を語りかけてくれるし、犯人を教えてくれる。恐がるより先に、自分の気持ちの中に受け入れることが大切なんだ。わかるな伊吹」

「はい……」

「いつまでも死体だからと嫌っていたら、殺された人はどうなる。警察が死因も何もつかめない、だから犯人が挙《あ》げられないでは、それこそ悔しさの持って行き場がないじゃないか、そうだろ」

「はい」

「とくに被害者と強いつながりがあればあるほど、犯人を捕まえてほしいと警察に頼ってくる。そんな相手の気持ちを考えたら、死体だからといって逃げだせないはずだ」

　遠藤が激しい口調で言う。

たしかに医者が、女のあそこを見ていちいち興奮していたのでは仕事にならない。いつも仕事として見ていると、きっと興味が薄れてきて、感じなくなるだろう。

それに警察医だって、いつも解剖をしている。きれいな死体だけならいいが、話に聞くともっとひどい死体もあるという。やはり、慣れなければできないだろう。

死体といっても白骨死体から首吊り死体。列車に轢《ひ》かれて首を飛ばされた死体、焼け死んで顔の判別ができないほど黒焦げになった死体。交通事故で顔が潰れ血だらけになっている死体と、いろんな死体を平気で解剖できるというのは、やはり、先輩の言うとおり、慣れでしかない——。

伊吹はそんなことを考えながら箸を置き、重い気持ちを引きずって食堂を出た。


解剖室に入った伊吹の体には、びっしりと鳥肌が浮き上がっていた。

室内は、普通の病院の手術室となんら変わりない。

だが、薬品と死臭と線香の匂いが入り混じり、悪臭が充満していた。

腐敗しかけた女の死体が、手術台の上に寝かされている。その傍で、白衣に身を包んだ助手が、メスやハサミなど解剖に使う道具を手際よく揃えている。

動かぬ女の死体をじっと見つめていた伊吹は、息の詰まるような圧迫感を覚えていた。気持ち悪さと強い恐怖心が、いっそう心を掻《か》き乱していたのだ。

（そうだ、この雰囲気に慣れればいい、慣れればいいんだ――）

伊吹は自身に言って聞かせ、できるだけ冷静になろうとしていた。

もちろん伊吹ひとりが部屋の中にいるわけではない。遠藤も傍にいるし捜査一課の刑事も来ている。他にも新任の警察官が三人立ち会わされていた。

解剖に立ち会わされるのは警察官になったときからの宿命である。この試練を乗り越えなければ一人前の警察官になれない。

常々そう聞かされてきた伊吹だったが、やはり目の前の死体を見ているとなかなか冷静ではいられなかった。

伊吹もやはり男である。いままでは、変死体であっても、女なら裸を見られる、解剖に立ち会えば女性の肉体を、とりわけ股間の秘部をくまなく観察できる。そんな疚《やま》しい男の本能から興味を抱いていた。しかし、いざこうして女の変死体を目のあたりにしていると、そんな気はまったく起こらなかった。

別に死んだ女など見なくていい。見たくない。それより早く解剖が終わり、今の状況から解放されたい。ただ、そう思うばかりだった。

女の体は生きているから美しい、抱きたいと思うが、死んだ女の、血の気を失った無表情な顔や、体温のなくなった体を見ていると、なんの魅力もないし、女という感じさえしなくなる。

伊吹は、まかり間違ってもこうはなりたくないと考えた。

人間、生きているうちが華《はな》だ。どういう理由で殺されたかは知らないが、もしこの女が生きているとき、殺されたら解剖される、そう思っていたらもっと違う生き方をしていたかもしれない。

新聞やテレビのニュースで殺人事件が報道されても、直接自分が関係していなければ、ただ殺人があったのか、金のために殺されたのか、男とトラブルを起こして殺されたのかと、その程度で軽く受け止めている。

生きているうちは、誰しも自分が殺されるなどとは思ってもいない。考えてもいないだろう。この女性だって生きているときは、まさか見知らぬ男の前で裸にされ、死体をさらされてメスで切り刻まれるとは思っていなかっただろう。

もっとも、死体になったあとでは恥ずかしさもなにもないだろうが——。

そんなことを考えていた伊吹の脳裡《のうり》から、知らぬ間に恐怖が薄れていた。

そんなわずかな心の変化が気持ちを落ち着かせたのだろう、はっきり死体を見つめることができた。

「伊吹、解剖をよく見て、死因が何か、どのような殺され方をしたか、頭の中に叩き込んでおくんだ」

遠藤が耳元で囁《ささや》く。その声はかすかに震えていた。

「はい……」

強ばった返事をした伊吹は、遠藤の声の震えをはっきり聞き取っていた。

食い入るように死体の女を見つめていた遠藤が、

「抵抗できない女をなぶり殺しにしやがって……」

と呟《つぶや》き、憤《いきどお》りをあらわにした。

「そうですね」

伊吹は、遠藤の独り言に同意しながら、何かいつもの先輩と違うと思った。

この死体を発見したときもそうだったが、まるで犯人に憎しみを抱いているかのようだ。なぜだろう、俺の単なる思い過ごしなのだろうか——。

伊吹は、ときおり見せる遠藤の態度に激しい怒りとも、憎悪ともつかない感情の乱れを感じていたのだ。

「射撃上級の腕を持っているおまえならわかるはずだが、銃創痕《じゅうそうこん》からある程度、銃の特定ができる」

「はい」

「これからは銃による犯罪が増えてくる。それに拳銃が特定できれば、密輸ルート解明の手がかりにもなる。この女性のためにも俺は絶対に犯人を挙げてみせる」

遠藤が鋭く眼を光らせた。

「先輩、事件の裏に拳銃の密輸が絡んでいるのでしょうか」

「たぶんな」

「そうしますと、暴力団が絡んでいる可能性もありますね」

「うん、間違いないだろう。それに、拳銃の密売となると、もっと大きな外国の組織が関わっているかもしれんな。死体の顔をよく見てみろ、日本人ではない」

遠藤の言葉を聞いていた伊吹は、改めて死体の顔を見直した。

ずっと死体は見ていたのだが、海水に浸かり顔がふやけて変わっていたこともあったが、ただ何となく見ていて、死人の国籍まで考えなかったし、気づきもしなかった。

伊吹は、なるほどと思い大きくうなずきながら、彫りの深い顔立ちから想像して、アメリカ人かと思った。

「マフィアみたいな組織がですか」

「そうだ――この前、ロシアの貿易船が拳銃と麻薬の密輸容疑で捜索を受けたろう。あのときは結果的に何も発見できなかったが、現実に密輸事件が起きていることは間違いない」

「俺もそう思います……」

伊吹が、その船に女の船員が乗っていたことを思い出したとき、医師が部屋に入ってきた。

解剖が始まった。無造作にメスを入れる医師の手元を食い入るように見つめていた伊吹は、恐怖にかられながら、あらためて死体の顔をのぞき込んだ。

（この女、もしかするとロシア人かもしれない。だとしたら、密輸に絡んで何かのトラブルに巻き込まれ、殺されたのではないだろうか――）

5

伊吹が渋谷北警察署へ転勤したのは、それから一週間後だった。

警察の異動は春と秋。伊吹が転勤してきて駅前派出所に勤務を命ぜられ、初めての当直勤務に就いた日は、肌寒かった。

渋谷の街は、大学時代からよく遊びに来ていた。しかし、遊びに来ていたときは人の多さなどまったく気にならなかったのだが、実際に勤務してみるとまるで違っていた。

比較的ゆったりしていた港南水上警察署の所在地勤務をしていたときとは、まるで忙しさが違う。朝から晩まで身動きできないほど人が行き交っている。それだけに訪ねてくる人も多いし、喧嘩などのトラブルも結構ある。目が回るほどだった。

「伊吹くん、きみは捜査四課の刑事になりたいんだって？」

べた銀に星三つの階級章をつけた巡査部長の堂園史明《どうぞのふみあき》が、在所勤務をしていた伊吹に真面目な顔をして聞いた。

在所勤務というのは、派出所の中にいて、訪ねてくる一般人の苦情を聞いたり、地理案内をしたり、事件の受付けや落とし物の事務処理をしながら勤務することをいう。その他に派出所勤務の警察官は、立番勤務といって、派出所の前に立ち警戒にあたる勤務や、あるいは警ら勤務といって、街の中を巡回しながら銀行などの金融機関や風俗営業の店に立ち寄り、また通行人の動向に目を光らせ犯罪の予防をする勤務がある。

さらに巡回連絡といって、受け持ち区域内の各家庭や会社を訪問し、管内に住んでいたり働いている人の実態を把握《はあく》しながら、防犯に努める仕事などに就いているのだ。

「俺ははじめから、暴力団を相手にする仕事をしたいと思って、警察官になったものですから」

伊吹が答えた。

「そうか、九州出身の者は気が荒いという。それに、それだけいい体格をしていれば、暴力担当の刑事に向いているかもしれないな」

「ありがとうございます」

「この渋谷は飲み屋も多い。暴対法が施行されてから、みかじめ料などを大っぴらに集められなくなっただけ、暴力団もしのぐために新しいやり方を考えているだろう」

「はい」

「私たちの目の届かないところで脅しをかけたり、あくどいことを必ずしているはずだ。勤務を通じてそうした情報を取ってきて、人の何倍も報告することだ。そうすればきみの報告書が捜査四課にまわり、上司の目に留まる」

「はい……」

「きみの仕事ぶりによっては、私から上司に頼んでやってもいい。四課長とは同期だからな」

「ありがとうございます」

「手っ取り早く自分の進みたい部署、つまりだな、きみがどうしても捜査四課の刑事になりたければ、できるだけ暴力団の組織に関する情報を集めるように、心がけておくことが肝心だ。要はきみ自身が実績を上げることが大切なんだ」

「わかりました……部長、一つ聞いてよろしいですか」

「うん？　なんだ」

「こんなことを聞いたら失礼になるかもしれませんが、部長は外勤がお好きなんですか」

伊吹は先輩の遠藤を思い出しながら聞いてみた。

「私は警察が好きで警察官になった。だから外勤であろうと交通であろうと、部署はどこでもかまわない。要は警察官として仕事が続けられれば、それで十分だ」

「そうですか……」

やはり遠藤先輩が言うとおり、人にはそれぞれ違った生き方や信念があるんだ、と思った伊吹の耳に、

「ご苦労さんです」

と、派出所の前で立番をしていた同僚の、挨拶する声が聞こえた。

捜査一課の警部補、三十五歳の片山義信ともう一人私服の捜査員が、捜査の途中だろう、入ってきたのだ。

警察官同士は、互いに、ご苦労さん、と労をねぎらう言葉を掛け合う。それがいつしか挨拶代わりになっているのだ。片山も堂園も伊吹も他の同僚も、声を掛け合った。

「堂園部長、捜査の参考に借りていたものです。警らのついでで結構ですが、返しておいていただけませんか」

がっしりした体格をしている片山が、ちらっと伊吹に視線を移して再び堂園の方を向くと、手に持っていた分厚いＡ４判ほどの紙包みを手渡した。

「わかりました、お渡しすればいいのですね。たしかに預かりました」

堂園は受け取った紙包みを机の上に置き、

「警部補、紹介します。今度、港南水上警察署から転勤してきた、伊吹くんです」

と言って紹介した。

「伊吹です、よろしくお願いします」

伊吹は立ち上がり、心持ち緊張して頭を下げた。

「たしかきみは、ロシア船を検索したとき見かけたようだが」

抉《えぐ》るような鋭い眼差《まなざ》しを向けた片山は、大柄な伊吹をよく覚えていた。

「そうでしたか、警部補のことに気がつきませんでした。申し訳ありません」

「あれだけ大勢の人間がいたんだ。気がつかなくても当然だ。それじゃ部長、私たちはまだ寄りたいところがあるので」

片山は、軽く頭を下げ、すぐに派出所を出た。

その後ろ姿を見送っていた堂園が、ちらっと腕時計を見て、

「そろそろ勤務交替だな。伊吹くん、渋谷の街は知っているだろうが、私と一緒に警らに出てみるか」

と言いながら、片山警部補から預かった紙包みを手にした。

「はい、お供します」

捜査の参考だと言っていたが、あの紙包みの中には一体何が入っているのだろう、と伊吹は興味を持ちながら、腰から警棒を抜き取り、歪《ゆが》んでいた帯革を締め直して、帽子を被った。

紙包みに注《そそ》がれている伊吹の視線に気づいた堂園が、笑顔を見せながら言う。

「これからこの荷物を届けに行く相手の人は、貿易会社の社長で東原《ひがしはら》さんという人だ

が、警察のよき理解者だ。そうだな、ちょうどいい機会だ。この際、きみも知っておくほうがいいだろう」

「はい。それじゃ部長、その荷物、俺が持ちます」

「今日は転勤してきて初めての当直勤務だ。私などに気を遣う暇があったら、管内がどういうところかよく見ておくんだ。今までのように、遊びのために来ていた渋谷と、こうして制服を着て管内を見回るのとでは、まったく違う。なるべく早くここの空気に慣れることだな」

「はい、わかりました」

伊吹が返事をしたとき、机上の電話が鳴った。

さっと手を伸ばして受話器を取り、電話に出る。

「はい、駅前派出所……えっ……ああ、先輩ですか。いろいろお世話になりました。落ち着いたら電話をしようと思っていたのですが、すみません」

伊吹は電話に向かって頭を下げた。

ほんの一週間ほどだというのに、遠藤の声が懐かしく聞こえる。

伊吹は転勤してきたあと、赴任《ふにん》の挨拶やら引っ越しやらで、まったく遠藤と連絡を取っていなかったのである。

「はい、明日は非番ですから大丈夫です……え、本当ですか、いいですね……はい、夕方の七時に横浜《よこはま》ですね。愉しみにしてます。じゃあ……」

伊吹はまた頭を下げて電話を切った。

「誰からだ、伊吹くん」

堂園が聞く。

「はい、前の署で世話になった先輩です。俺の送別会と着任祝いを兼ねてやってくれるそうなんです」

伊吹が嬉しそうに話した。

「そうか、きみもいい先輩をもって幸せだな。さ、気分のよくなったところで仕事、仕事」

堂園が立ち上がって促《うなが》した。

部長の言うとおり、俺はいい先輩に巡り合った。これからは、たとえどこの署にいても俺のほうから先に連絡をしなければ失礼にあたる。しかし、この派出所に来て、堂園部長もいろいろ俺のことを気にかけてくれるようだし、期待に応《こた》えなければ——。

伊吹はそう思いながら、派出所を出てゆく堂園の後を追った。

6

伊吹が堂園に連れられて行ったのは、派出所から歩いて十分足らずのところにある会社『ジャパン貿易商事』だった。

会社のすぐ近くには、道玄坂《どうげんざか》や円山町《まるやまちょう》のラブホテル街がある。夜ともなると、昼間の顔とはまったく違った様相を見せる場所で、快楽をむさぼるために群がってくる男と女の怪しげな雰囲気が漂《ただよ》ってくる。『ジャパン貿易商事』の八階建てのビルは、そんな街の一角にあった。

「部長、この会社はどんなものを扱っている会社ですか」

伊吹が看板に書かれた商号を見ながら、聞いた。

「石油などを運ぶタンカーも持っているらしいし、OA機器や電気製品、それに世界各国の民芸品に至るまで、いろいろな商品を手広く扱っているそうだ」

「商社ですか、そんな人が警察の協力者になってくれているのですか……」

「われわれ警察にとっては大変ありがたい。こうした人が一人でも多く増えてくれると、いろんな面で警察の仕事もやりやすくなるのだが」

「そうですね、最近のように非協力的な者が多くなった中で、一人でも理解してくれる人に出会うと、頑張らなければという気持ちになります」

「いつまでもその気持ちを忘れるな、伊吹くん」

堂園はそう言いながら玄関を入り、受付に近づき東原社長に面会を頼んだ。

(愛想のいい女性だな。笑顔は可愛いし、この会社、結構いい女の子を窓口に置いてるじゃないか……)

伊吹は、にこやかに受話器を取って、社長室へ連絡している受付嬢の顔を見つめながら、仕事とはまったく関係のないことを考えていた。

電話を切った受付嬢が、再び愛想のいい笑顔を向けて、

「秘書がすぐお迎えにまいりますので、しばらくお待ちください」

と堂園に向かって言い、伊吹の方に涼しい視線を向けると、にっこり微笑みかけた。

伊吹は、どきっとした。一瞬、どんな顔をしたらいいのか迷った。

しばらくして、伊吹の眼は、近寄ってくるすばらしく美しい女性を見て釘づけになった。すごい美人だった。

身長は一六〇センチくらいだが、ハイヒールを履いているからさらに五センチは高く見える。贅肉《ぜいにく》のないスリムなプロポーションをしている。胸元からキュッと突き出した乳房の膨らみは、思わず見惚れるほどだった。

小さめの顔は目鼻立ちがはっきりしている。オレンジ系統で少し控えた感じの紅を塗っ

た唇が、何となくセクシーに感じられる。化粧のせいもあるのだろうが、二重瞼《ふたえまぶた》の大きな眼に笑みをたたえた表情がまた何とも言えず、伊吹をぞくっとさせた。

（こんな美人がいたとは……今日はついてるな……）

伊吹は、女の死体を見たときの恐怖など、完全に忘れてしまっていた。ただただ目の前にいる美女に見入っていた。

「やあ」

堂園が声をかけた。

「お待たせして申し訳ありません」

「さやかさん、今度駅前の派出所で私と一緒に勤務することになった、伊吹くんです」

堂園が紹介した。

伊吹は無意識のうちに制服の裾を引き、拳銃を吊っている帯革を整えていた。

戸惑いを見せた伊吹は、その一方で、馴々《なれなれ》しい言葉を交わしている二人を見て、内心驚きながらさやかを見つめた。

「社長秘書の静川《しずかわ》さやかです。いつも堂園部長さんにはお世話になっております」

さやかが丁寧に挨拶をして、大きな目を細め、にっこり微笑みかけた。

伊吹は、堂園から世話になっていると挨拶されても、どう返事をしていいかわからなかった。軽く頭を下げるしかなかった。

「さ、どうぞ、ご案内いたします」

さやかの言葉に促された堂園が、先に歩きはじめた。

その後を伊吹がついてゆく。さやかは硬い表情をしている伊吹が気になるのか、ちらちらと美しい眼差しを向けてきた。

さやかに案内されてエレベーターで最上階へあがり、社長室に入った堂園と伊吹を、社長の東原が迎えた。

挨拶を済ませた伊吹は、奨《すす》められるままに、黒革張りのソファーに腰を下ろした。

伊吹は、どうも堅苦しいのが苦手だった。それに、初めて訪ねた会社だったし、美人のさやかと会ったこともあって、緊張しっぱなしだった。

さやかがコーヒーを入れて持ってくる。堂園と伊吹、そして東原の前に白いカップを置いた。コーヒーの香ばしい匂いが広がる。カップの中で湯気が渦《うず》を巻いていた。

「きみもここへ掛けなさい」

「はい、失礼します」

さやかは素直に返事して、東原の横に座る。ちょうど伊吹と正対する格好でソファーに浅く腰を下ろし、ほっそりした美しい脚を斜めに伸ばした。

ストッキングに包まれた膝頭が丸見えになっている。短いタイトスカートの奥が見えるような感じがする。目のやり場に困って顔を伏せた伊吹に、どちらかというと小柄の東原が話しかけた。

「伊吹さん、いい体格をしてますが、やはり柔道で鍛えたのですか」

「はい、柔道をするくらいしか能がありませんから」

「社長、伊吹くんの得意なのは柔道だけではありません。優秀な成績で警察学校を卒業していますし、拳銃の腕もたしかです。若手の中でいちばんのホープ。私たちも将来を期待しているんです」

堂園が何を思ったのか、さも得意げに余計なことを喋った。

伊吹は、どんな顔をすればいいのかわからなかった。さやかの前ということもあったからだろう、何かくすぐったいようなバツの悪さを感じた。

「そうですか、それは頼もしい。ねえ堂園さん、こんな伊吹さんのような方がうちの静川くんの彼氏だったらいいですね。しかしこれだけ男らしければ、他の女性がほうっておかないでしょう」

東原はにこにこしながら、二人を目の前にしてあけすけに言う。

「そうですね、そういえば似合いのカップルだ」

堂園が仕事の話はそっちのけにして、東原の話に同調した。

(何ということを……これだけ美人の彼女に彼氏がいないはずないじゃないか。俺がからかわれるだけならかまわないが、少しは彼女の立場を考えてやればいいのに……)

伊吹は、思いもよらぬ東原の言葉にドギマギしながらも、さやかのことを庇いたい心境にかられた。

ちらっとさやかに視線を向ける。

さやかもいきなり自分のほうに矛先《ほこさき》を向けられたからか、返事もできず恥ずかしそうに俯《うつむ》いていた。

「伊吹くん、きみ彼女はいるのか」

「いえ……」

「堂園さんも社長も、伊吹さんが困ってらっしゃるじゃありませんか……」

さやかが顔を赤らめて言う。

「私は伊吹さんを一目見て気に入った。こういうことは遠慮しないではっきり話すべきだ。そうですね、伊吹さん」

「え、ええ……まあ、いや……」

「伊吹さん、初めてお会いしたのに礼儀知らずと思われるかもしれませんが、私はいつも静川くんに、いい人ができたら、さっさと秘書の仕事などやめて早く結婚しろと言っているんです」

「はあ……」

「雇用機会均等法のような法律ができて、たしかに以前と比べれば女性の働く環境は整いつつあります。女性の立場も強くなった。しかし、依然として男性社会であることにかわりはありません」

「…………」

「男性と張り合い、負けまいとして精一杯虚勢を張って生きている女性を見ていると、何だか気の毒でならないんです。それより、好きな男性と結婚して家庭におさまる。それが女性にとっていちばんの幸せ。私はそう考えているんです。女性が結婚もしないで朝から晩まで仕事に追われているなんて、寂しいとは思いませんか」

東原は真剣な顔をして話した。

しかし伊吹は、正直なところ話を聞きながら困り果てていた。東原の言いたいこともわかる。だが、当の東原とも初対面なら、さやかとも今日初めて会ったばかりである。何とも返事のしようがなかった。

「それより部長、片山警部補から預かったものを……」

伊吹はその場の雰囲気を変えようと、話題を変えた。

「東原さん、捜査一課の片山警部補から預かってきたのですが、お借りしていた捜査の参考資料だそうです。貴重なものをありがとうございました。くれぐれもよろしく伝えてくれということです」

堂園が紙包みを差し出した。

「お役にたてればいいのですが」

東原はそう言いながら紙包みを受け取り、さやかに手渡した。

さやかが、受け取った紙包みを大事そうに胸に抱きかかえ、またちらっと伊吹のほうに視線を向けた。

その何ともいえない熱い眼差しに気づいた伊吹は、

(もしかしたら彼女は俺に好意を持ってくれたのでは……)

と、都合よく考えたとたん、体がカーッと燃えるような感じがした。

7

会社の外まで送りに出たさやかに挨拶をした伊吹は、会ったときより硬さもほぐれ、何となく親しみを感じていた。

女の死体を見てまだ二週間もたっていない。あれから転勤もあってばたばたしたが、ずっと死体の顔が頭に焼き付いていて、気が滅入《めい》っていた。だが、今日、さやかの笑顔に触れて、やっと、いやな気分から解放されたような気がした。

「伊吹、どうだ、さやかさんは」

歩きながら、堂園が顔をほころばせて聞く。

「部長、冷やかさないでください。どうだと言われても、ついさっき会ったばかりじゃないですか。急にあんな話になるんですから。冷汗をかきましたよ」

伊吹は文句を言いながら、まんざらでもないという顔をしていた。

「私も何度か彼女に会って話したし、派出所の若い者を何人も連れていって会わせたが、彼女があんなに恥ずかしそうな顔を見せたのは初めてだ」

「部長、怒りますよ」

「いや、私は別に冷やかしているんじゃない。見たまま、感じたままを言っているだけだ。いま、さやかさんは誰ともつき合っていない。東原社長の言ったことは事実なんだ。あんなことを本人を目の前にして、冗談で言えると思うか。彼女を傷つけることになるじゃないか」

「ええ、しかし……」

「伊吹、おまえ本当に彼女はいないのか」

「本当にいません。以前つき合っていた彼女と別れて、もう三カ月になります。いまは仕事のことで頭がいっぱいで、それどころではありません」

「仕事は仕事。この渋谷の街は、さやかさんくらいの歳格好の女性が多い。つまり、何か事件があったとき、相手の気持ちをわかって処理することがいちばん大切なんだ。そのためにもさやかさんは、よい話し相手になると思うが、顔もスタイルも申し分ないし、頭もきれる。それにもまして、性格が明るくて素直なところがいい」

堂園はよほど世話好きなのだろうか、さかんにさやかのことを褒《ほ》めちぎった。

「なあ伊吹くん、男というものはやはり女が傍にいるのといないのとでは、ずいぶん気持ちの持ち方が違ってくる。もしきみさえよければ、私が彼女にも、東原さんにも話を通してやってもいいが。どうだ、さやかさんとつき合ってみる気はないか」

堂園が真剣な顔をして奨めた。

「急にそんなことを言われましても……」

言葉を濁《にご》した伊吹の頭の中に、さやかの笑顔がちらついた。

道玄坂に差しかかったところで、伊吹の眼に、交通違反の取り締まりをしている白バイの姿が映った。

だいぶ距離があったから声は聞こえなかったが、一見ヤクザふうの男が二人、ベンツから降りて白バイの警官にペコペコ頭を下げている。そのとき、伊吹の肩に掛けていた受信機に無線が入った。

「道玄坂のファッションヘルス『ホット・イン』の前で傷害事件発生。若い男が三人組の男に襲われ、血を流しているという一一〇番の通報あり――」

「了解――」

伊吹の顔が緊張に強ばる。

「行くぞ、伊吹——！」

「はい」

伊吹が現場に駆け付けたとき、路上に倒れこんだ若い男をヤクザふうの男三人が、よってたかって足蹴りにしていた。

「サツだ！　やばい、ずらかるんだ！」

男の一人が喚く。同時に堂園と伊吹の方を振り向いた男が踵《きびす》を返した。

男三人は、それぞれ違った方向に向けてばらばらに逃げた。伊吹は一瞬どの男を追うか迷った。

「誰でもいい、一人捕まえるんだ！」

堂園が大声で指示する。

一人逮捕すれば、そいつの口から共犯者が割れる、と咄嗟に考えた伊吹は、

「部長、被害者を頼みます」

と大声をあげて、一人の男を追った。

帯革に吊った三十八口径のスミス&ウェッソンを収めているホルスターが揺れて走りにくい。だが伊吹は必死だった。

動くホルスターを上から手で押さえ、夢中で追いかけた。
二、三十メートル走ったところでやっと男に追いついた伊吹は、後ろから手を伸ばし

た。

手で襟首をつかんだ瞬間だった。

振り向いた男が大声をあげながら手を振りまわした。

「ううっ……」

伊吹が顔をしかめた。

いつ、どこから取り出したのか、男の手にはナイフが握られていた。

研《と》ぎすまされたナイフの刃が、制服の布地を切り裂き、腕を切った。

「やろー、なめやがって！」

腹の底から抉《えぐ》りだすような声を発して、伊吹は男を路上に引きずり倒した。

相手の男もかなりいい体格をしていた。その男が倒れるのと同時に、弾《はず》みをくらって伊吹の体も、もんどり打って路上に倒れた。

だが、つかんだ襟は離さなかった。傷の痛みなど感じる余裕はない。敏捷《びんしょう》に跳ね起き、立ち上がった伊吹の顔は、真っ蒼になっていた。

ナイフを持った男の手を、靴先で力いっぱい蹴り上げた。手から離れたナイフが宙に舞い、路面に音をたてて転がった。

起き上がろうとする男の顎《あご》を、下から蹴り上げる。男の体が仰向けにひっくり返り、頭から落ちた。

鈍い音が響く。路上の敷石にしたたか後頭部を打ちつけた男が、うぐっ、と呻《うめ》いて顔をしかめた。頭を抱え込む間などなかった。

伊吹は倒れた男の腕を引っ張り、俯せにして動けないように押さえつけた。

首筋に膝頭を押しつけ、九〇キロの体重を上からかけた。

素早く背中で腕を捻《ね》じ上げた伊吹は、手錠を取り出して手首に掛けた。まだ凶器を持っていないかと、着ている服のポケットを探った。

と、指先に何か小さなモノが触れた。ビニールの袋だった。その袋を取り出した伊吹の顔色が変わった。白い粉が入っていたのだ。

(これは覚醒剤では)

伊吹は、覚醒剤を持っている男を逮捕した経験は一度もない。だが、小分けした白い粉の包みが、三つも四つも出てきたのだ。

伊吹は、男を引きずり起こすと、後ろ手にした腕の間に警棒を突っ込み、強く捻じるようにして締めあげた。

苦悶に顔を歪めた男をむりやり立たせた伊吹は、路上に転がっていた凶器のナイフを拾い、被害者を確保している堂園のところへ戻った。

「部長、これを見てください。覚醒剤かもしれません」

伊吹は白い粉の入った袋を見せた。

「よしわかった。すぐ麻薬課に連絡して調べてもらう。とりあえず派出所へ連れていくんだ」

堂園は、被害者と、傷害の現行犯として伊吹が逮捕した被疑者を連行した。

二章　麻薬密売容疑

1

桜木町《さくらぎちょう》で待ち合わせた遠藤と伊吹は、夜の繁華街を歩いていた。

伊吹は頭を傾《かし》げながら、昨日の事件を遠藤に話した。

「先輩、どうも納得できないんです。なぜ、なんでもない小麦粉を小分けして、ビニールの袋になんか詰めて持っていたんでしょうか……」

「うん……誰かが途中ですり替えたようなことはないのか」

「まさか、それはないと思います。被疑者を目の前にして、その粉が麻薬かどうか調べるのを、俺もこの眼でたしかに見ていたんですから」

「そうか……」

「今朝、薬物検査の結果を聞いたんですが、被疑者の尿からも薬物の反応は出なかったようです。先輩、どう考えたらいいんですかね」

「前科は？」

「まったくありません。ナイフを持っていたし、俺はてっきり極道かと思っていたのですが……」

「しかし、おまえがいくら不審に思っても、ブツが本物でなければ仕方ないだろう。麻薬、覚醒剤所持で逮捕するには、現行犯でなければ手の打ちようがない」

「そう簡単に、諦《あきら》めるようなことを言わないでくださいよ」

伊吹は、突き放されるような言い方をされ、不満そうに口を尖《とが》らせた。

悔《くや》しかった。初めて麻薬か覚醒剤の不法所持の現行犯として逮捕できた、もしかすると密売組織そのものを摘発できるかもしれないと、頭の中でどんどん事件の広がりを想像していただけに、落胆していたのだ。

遠藤は、そんな伊吹には構わず、まったく憎らしいほど冷静な顔をして聞いた。

「それで被害者はどうした。何が原因で喧嘩《けんか》になったんだ」

「ええ、それがただ、冷やかされたとか、冷やかされないとか、酒も飲んでいないのに、そんな些細《ささい》なことで殴り合いになったらしいんです」

「なるほど」

「被害者の連れに聞いてみたのですが、冷やかした事実はまったくなくて、ただ、加害者の三人が先に話しかけてきたということです」

「それで共犯の男は割れたのか」

「まだです。いま調べているはずですが。ところが先輩、瓢箪《ひょうたん》から駒、棚からボタモチということはほんとにあるんですね」

「なんだそれは」

「面白いことが出てきたんです。麻薬、覚醒剤の不法所持の現行犯では逮捕できませんでしたが、なんと被害者の恩田《おんだ》という男が、北海道の小樽港警察署から指名手配されていたんです」

伊吹が嬉しそうな顔をした。

「小樽港警察署から？　で、その被害者の恩田という男は、何の容疑で手配されていたんだ」

遠藤が眉間《みけん》に縦皺《たてじわ》を寄せ、聞き返した。

「管理売春と出入国管理法違反、それに難民認定法違反です。どうもロシアから連れてきた女に、売春を強要していたようですね。それで俺は明日、調べがすんだあと、指名手配の被疑者を北海道まで護送することになったんです」

伊吹が得意げに話した。

「そうか、よかったじゃないか。しかし、気をつけろよ。途中で逃げられたなんてことにならないようにな」

遠藤は、そう言って、口を噤《つぐ》んだ。そして鋭い眼をじっと前に向け、しばらく何か考えるような素振《そぶ》りを見せて、

「伊吹、すまんが、あとでいいからおまえが逮捕した被疑者と、被害者の住所・氏名をメモしてくれ」

「はい、それは構いませんが、どうするんですか？」

伊吹が訝《いぶか》しそうに聞いた。

「何かの参考になるかもしれないからな」

「わかりました」

返事をした伊吹は、さすがだと感心した。

自分には関係のない事件や関係者の住所・氏名をメモにとって残しておく。そしてそれをまた、何かのときに役立てる。俺も見習わなければ、と思った。

「どうも非番日だからといって、家でごろごろしているのは俺の性に合わない。刑事のときの気持ちがまだ抜け切っていないようだ」

「そのようですね。ところで先輩、これからどこへ行くんですか」

伊吹は行き先を聞いた。

「まあ俺に任せておけ。目の保養になる場所だ。そのかわり、誰にも喋《しゃべ》るんじゃないぞ」

遠藤は、店に着く前に釘を刺した。

「はあ……」

「居酒屋にしか行かないおまえには、刺激が強すぎるかもしれないが、こういう店もあるということをよく見ておくんだな」

遠藤は、伊吹の顔をのぞき込み、思わせぶりに言って笑った。

刺激の強すぎる場所と聞いて、伊吹の中にある男の本能が、女の裸を想像させた。

「ここだ、伊吹。くれぐれも言っておくが、俺たちが警察であるということは、口が裂けても言うんじゃないぞ。白けるからな」

店の入り口で立ち止まった遠藤が、念を押した。

ランジェリークラブ『シー・スルー』は、ビルの地下にある。外人の女性ばかりがいる店だった。

喉仏《のどぼとけ》を膨らませながらゴクリと生唾《なまつば》を飲み込んだ伊吹は、ドキドキしながら、店の中に入ってゆく遠藤の後ろからついて行った。

伊吹は店内を見てどきっとした。思わず眼を見張った。

裸同然の女の姿態が眼の中に飛び込んできたのだ。体がいっぺんに熱くなった。

三十坪ほどのスペースがある店の中は、甘い女の匂いが充満している。比較的ゆったりとボックスが並べられていた。

すけすけのランジェリーを身につけた、二十歳《はたち》そこそこのロシア女が客の間をひっきりなしに行き来している。

日本人の体格と違って、骨盤の張った腰からすんなりと伸びた脚がじつに美しい。歳が若いせいだろう、ふっくらと盛り上がっている尻の円《まる》みが、歩くたびに、ぷるんぷるんと揺れている。

張りのある乳房の真ん中の乳首が、薄い布地をツンと持ちあげている。微笑みかける笑顔の中に、まだどこかあどけなさが残っていた。

黒い網のタイツを穿《は》き、ガーターで留めている女。薄い小さなパンティやティバックのパンティを穿き、わずかに股間を覆《おお》っている女。ピンクの透きとおったランジェリーの下に、淫靡《いんび》な恥毛が透けて見える女——愛想のいい笑みを浮かべて働いているホステスは、みな裸同然だった。

だが、イヤらしさはない。むしろ若い女の美しさが際立ち、それがまた伊吹の眼には新鮮に映《うつ》り、眩《まぶ》しそうに眼を細めた。

「いらっしゃいませ。遠藤さん、いつもありがとうございます」

ボーイが愛想笑いを見せて、頭を下げた。

「向こうの席がいいな」

遠藤が奥へ歩いてゆく。

一目見て外人とわかる若いぴちぴちした女性が近づいてきて、にこやかな笑みを投げかけながら流暢《りゅうちょう》な日本語で挨拶する。

「紹介しておこう。私の友達の伊吹くんだ」

「伊吹、いい名前ですね。私、キーラです、よろしく……いつも遠藤さんにはお兄さんのようにしていただいています」

にっこりと微笑みかけたキーラが、おしぼりを広げて伊吹に差し出す。

すみません、と表情を硬くして軽く頭を下げた伊吹は、眼のやり場に困った。

遠藤は、慣れた手つきでゆっくり手を拭き、顔を拭いていた。

キーラは、遠藤がテーブルの上に放り投げたおしぼりを手に取ると、席を立った。

伊吹の顔に、白い女体が被《かぶ》さる。

クラクラするほど芳《かぐわ》しい女の体臭が鼻をつく。

目の前で、ランジェリーの薄い布の中に包まれている、張り詰めた大きな乳房が揺れる。乳輪の形や乳首までもがはっきり見えた。

女のあらわな姿態から眼を外すことができない。フロアを歩いている女性の尻が見えるし、隆起した胸や腰の膨らみ、黒々とした股間の繁みまでもがはっきり見えていた。

「キーラは日本語が上手だろう。日本に来て、だいぶ経つからな。それに、たまにはこんな美女のいる店で愉《たの》しむのもいいだろう。ここにいるのはみんなロシアの女性だ。ほとんどモデルとしての資格で日本へ来ている」

「そうですか……だから綺麗な女性ばかりなんですね」

伊吹の耳元に顔を寄せた遠藤が、囁《ささや》きかけるように声を抑えて、まったく違う話を向けた。

「五年前に家を爆破され、夫婦が爆弾でふっとばされた事件を知っているか」

「ええ、たしかあの事件の犯人は、まだ逮捕されていないんじゃ……」

「うん、こんなところで野暮な話はしたくないが、あの逸見《いつみ》夫婦はジャパン貿易商事の社員だった……」

「えっ……」

伊吹はすぐ、堂園に連れて行ってもらったさやかの勤めている会社を思い出した。

「それに、この前おまえが発見した死体の女性がいただろう」

「拳銃で頭を撃ち抜かれていた、あの女性のことですか」

伊吹が顔を強《こわ》ばらせた。

「じつはな、あの被害者の女性は、ここで働いていたんだ」

「えっ、本当ですか、先輩」

伊吹は思わず大声をあげそうになった。裸の女がいる店へ連れてこられただけでも驚いていたのに、今度は死体の話である。それも、死んだ女が働いていた店だという。伊吹は眼を丸くして、食い入るほど遠藤を見つめた。

「五年前、爆破された男女の遺体を解剖した結果、頭部から、旧ソ連製の拳銃トカレフの銃弾が検出された。それに、海に浮いていた死体からもトカレフの銃弾が出てきた」

「そうすると先輩、その二つの事件とこの店が、なんらかの形でつながっているということですか」

「いや、まだはっきりしたわけじゃないが、まったく関係がないとは言い切れん。凶器のトカレフ、ここで働いていた女性、それに、先日、密輸容疑で岩渕警部たちが検索したのもロシアの貿易船だ」

「なるほど、ロシアという線で考えてみると、すべてつながってきますね。それにしても、短期間でこれだけ調べあげるなんて、さすが先輩ですね」

席を外していたキーラが別の女性を連れて戻ってきた。遠藤はその場で話を打ち切った。何でもないような顔をして、キーラと連れの女に笑顔を見せた。

遠藤の横にキーラが、その隣りに伊吹が座り、そして、キーラの連れてきた若くて可愛らしい感じの女性が、席のいちばん端にぴったり太腿をくっつけて腰を下ろした。

伊吹も、表情を和《なご》ませた遠藤の様子を見て、警察官ということを女性たちに悟られてはまずいと思い、口を噤《つぐ》んだ。

気分を落ち着けようと、ポケットからロングピースを取り出して口にくわえた。

女が、すけすけのパンティの横に挟んでいたライターを取り出す。体をすり寄せるようにして火の点《つ》いたライターを手で囲み、伊吹の前に差し出した。

ふっくらとした乳房が、伊吹の体に押しつけられる。柔らかい肌の感触と、心地《ここちよ》好い体温が薄い布地を通して伝わってきた。

深く煙を吸いこんだ伊吹は、久しぶりに触れる女体の感触に、何とも言えない気分に包まれた。

遠藤たち四人は、キーラが作った水割りで乾杯した。薄いグラスの触れる音が、伊吹の耳に心地好く響いていた。

(先輩はかなり遊び慣れているな……)

伊吹は、横目でちらっと、キーラの腰に手を巻いている遠藤を見て思った。

キーラも別に嫌がるふうでもない。むしろそれを期待していたのか、嬉しそうにしなだれかかっていた。

伊吹の横に座っている女が、太腿の付け根にそれとなく手を伸ばしてくる。体が反射的に硬直する。

「伊吹、そう硬くなるな。今日は俺とおまえの送別会だ。愉しくやろうじゃないか」

遠藤は笑い顔を見せながら、キーラが細い指先で摘《つま》んだイカの燻製《くんせい》を口に入れた。

「痛い……」

キーラが大きな声を出して手を引っ込めた。燻製のイカと指をわざと口にくわえたのだ。

遠藤はその指をとると、また、口に持っていき傷口を舐《な》めるような仕草をした。だがキーラは、くすぐったいと言いながらも笑ってしたいようにさせている。二人はいかにも愉しそうだった。

伊吹の口元に、隣りに座っていた女性がキーラと同じようにツマミを運んできた。そのツマミを口の中に入れた伊吹は、思い切って女の腰に太い腕を巻きつけ、引き寄せた。伊吹は、だいぶ雰囲気に慣れてきた。知らないうちにドギマギしなくなっていた。

伊吹は女とふざけながら、遠藤の言葉を思い出し、それとなく店内の様子を見て、頭の中に焼きつけていた。

客筋は結構いいようだ。伊吹のような若い者はひとりもいない。スーツを着込んだ中年の男ばかりだった。

伊吹の眼が、カウンターの傍《そば》に立っている眼付きの鋭い男をとらえた。

あの男もおそらくロシア人だろうが、この店の用心棒なのだろうか。水商売に馴れている男ならああいう眼付きはしないはず。胡散臭《うさんくさ》い——。

伊吹は、ふと、ロシアのサハリンに人材派遣会社を創《つく》った男の事件を思い出した。新聞の広告で募集した女をダンサーとして入国させ、実際にはホステスとして使っていたキャバレーの経営者が、外事一課に、出入国管理法違反と難民認定法違反、それに不法就労ということで書類送検されたのである。

どうせこの店も、あの新聞記事に出ていたようなことをしているに違いない。ということは、やはりこのクラブも違法行為をしている疑いがある。おそらく先輩は、殺人事件に絡めてこの店を内偵しているに違いない——。

「あの男は誰だい？　ボーイさんかい？」

伊吹は隣りの女に聞いた。

「支配人よ」

「へー、あの人が支配人か。やはりロシアの人かい？」

「ええ……」

「名前はなんて言うの？　ロシア人の名前は難しいだろ。一度、本場の人の発音を聞いてみたかったんだ」

伊吹は適当なことを言って探りを入れた。

「コスネンコよ……」

とだけ言った女は、それ以上は話したがらなかった。なぜか周囲を気にして小声で耳打ちする。

「もっと二人だけで愉しいことをして遊ばない？　もしよかったら、外でデートしてもいいわよ」

「外でデートか……」

伊吹は、やはりと思った。

はっきり売春をする目的で誘ってきたと考えた伊吹は、さらに確認した。

「俺に抱かれてもいいということか」

「男と女がデートするんだもの、わかるでしょ……」

女は意味ありげに呟《つぶや》き、悩ましい眼を注《そそ》いだ。

伊吹は、そんな女の顔を真っすぐに見つめ、ちらっと遠藤の方に視線を移した。胸の中から噴きあげてくる男としての欲望と、法を守り執行しなければならない警察官としての立場の狭間《はざま》に立たされて、気持ちを揺れ動かしていた。

この店で売春をやっていることを遠藤が知らないはずはない。おそらく知ったうえで俺をここへ連れてきてくれたんだ。情報を取るためには、時には危険を冒《おか》してでも、相手の懐《ふところ》へ飛び込まなければならない。きっと遠藤はそう教えてくれているのだろう——。

伊吹は、実名も隠さないで堂々と敵の懐に入り込んでいる遠藤は、さすがだと感心し、改めて尊敬しなおした。

どうせ遠藤も、あのキーラを連れてホテルへ行く気だ。もしここで俺が躊躇《ちゅうちょ》すれば、せっかくの雰囲気を壊すことになる。俺のことを考えて、こんな場をつくってくれた遠藤の気持ちを潰しては悪い。

と都合よく受け取った伊吹は、自分が警官だということを忘れればいいのだと思った。

まだ売春の相手をしたわけではない。だが、もし、こんなことが幹部に知れたら懲戒免職になるのは間違いない。しかし、こうなったからには、遠藤と同じように遊ぶしかない。伊吹は女を抱いたときのことを想像しながら、あとはなるようにしかならないと腹を据えた。

それからものの十分もたたないうちに、遠藤から声をかけられた。

「伊吹、腹が減ったな。ぼちぼち引き揚げるとするか」

「え？」

伊吹は一瞬拍子抜けした。女を抱くことを考えていたこともあって、期待を裏切られ、気持ちをぶち切られたような気がした。

あさはかな自身をちょっぴり反省していた伊吹の脳裡《のうり》に、ふと、昨日会ったさやかの笑顔が浮かんできた。とたんに、会いたいという衝動に駆られた。

「じゃあキーラ……彼女も今日はありがとう。今度来たときはゆっくりするから。そのときはまた、この男を相手にしてやってくれ」

ボックスから立ち上がった遠藤に、一瞬、寂しそうな表情を見せたキーラが、伊吹のほうに視線を向け、

「またお会いしたいですね」

と言ってにっこり微笑みかける。

が、伊吹は、キーラの笑顔の中に、ふと、暗い影を見ていた。

2

翌日の朝、指名手配の被疑者の恩田を護送するため、私服を着て待機していた伊吹のところに、険しい表情を見せて堂園がやって来た。

「伊吹くん、きみは警察官として恥じるようなことはしてないだろうな」

「えっ、何ですか？　俺はべつに……」

伊吹はドキッとした。ランジェリークラブのことが、もう知れたのかと思った。

「本当に何もないんだな」

「はい、部長、一体どうしたんですか？」

「それはこっちが聞きたい。いま、監察官の川島《かわしま》警視が来ている。きみを呼んでくるように指示されたんだ。本当に疚《やま》しいところはないと信じていいんだな」

堂園が念を押した。

「ええ、俺が被疑者を逮捕したときは、特になにもなかったですし……」

返事する伊吹の声に、力はなかった。

監察官といえば、警察官の目付け役。外部の者にはあまり知られていないが、警察内部の者にとってはいちばん恐い存在の部署にいる警察官である。

一人一人の警察官の勤務態度や、私生活における素行にまで眼を光らせている。規律違反があれば情け容赦《ようしゃ》なく処分してゆく。つまり、警察内部にあって、現職の警察官を取り締まるための警察官、それが監察官なのだ。

伊吹には、昨夜のこと以外に、監察官から呼び付けられるような心当たりは、まったくなかった。

とすると、自身の気がつかないところで規律違反を犯していたか、外部から投書され訴えられたと考えるしかない。何か原因がなければ監察官が出向いてくることはないだけに、伊吹は落ち着かなかった。

「何か心当たりがあるのか」

堂園が、伊吹の顔色の変化に気づいて聞いた。

「いえ……」

伊吹は、誰にも絶対に喋るなと言っていた遠藤の言葉を思い出して、言葉を濁《にご》した。

「本当だな」

「はい」

「そうか、まあここであれこれ思案していても仕方がない。いま監察官は署長室にいる。すぐに行ってこい」

「わかりました」

伊吹はすぐ一階にある署長室に行った。

ドアをノックして中へ入る。そこには監察官の川島直毅《なおき》と署長、それに次長と伊吹の所属している地域課の上司が、むずかしい顔をして待っていた。

来客用のソファーに座っていた川島が、でっぷりと太った体を前に乗り出し、

「伊吹くんだね、座りたまえ」

「はい」

緊張して返事をする伊吹に、幹部の視線が刺す。伊吹は背筋を真っすぐに伸ばして、ソファーに腰を下ろした。

(きっと、被疑者が調べられるときはこんな感じなんだ……)

伊吹は、眼に見えない圧迫感を肌で感じていた。取り調べを受ける者の心境が、初めてわかったような気がした。

「伊吹くん、さっそくだが少し聞きたいことがある。きみの見たまま、聞いたままをすべて正直に話してほしい」

川島が抉《えぐ》るような視線を向けて聞く。

「はあ……」

「そう硬くならなくてもいい。気を楽にして話してくれ」

「………」

「きみは港南水上警察署で勤務していたとき、遠藤巡査長と一緒だったな」

「はい」

伊吹は、やはり先輩のことだったかと思い、表情をさらに引きつらせた。

「きみはここへ転勤してきたあとも遠藤くんとつき合っていたようだが、何か変わったことに気づかなかったかね」

「はあ？　どういうことでしょうか」

伊吹が怪訝《けげん》な顔を見せて聞き返した。

「じつはだな、遠藤くんに直接聞くことができればいいのだが、彼は今日、無断で仕事を休んでいる。昨晩から家にも帰ってないし、どこに行ったかまったく連絡が取れない。遠藤くんの行き先を知らないか」

「いえ、プライベートなことは何も……」

伊吹は答えながら、昨晩クラブを出たあと、遠藤がどこかへ電話を掛けて、そのあと、急用ができたからと言って、結局、食事もしないで別れたことを思い出した。

遠藤は、電話の内容について何も言わなかったが、いま考えてみると顔色が変わっていたし、慌《あわ》てていたような感じがする。遠藤の身に何かあったのだろうか。そう思った伊吹は、急に心配になってきた。

「きみのところに連絡があったそうだな」

「はい、二日前、泊まりのときに、派出所へ電話がありました」

うかつなことを喋れば遠藤に迷惑がかかるだろう。しかし、電話が掛かってきたことは部長の堂園が知っている。さっき署長室に呼ばれているから、すでにそのことは幹部たちの耳に入れているだろう。ここで隠すとかえっておかしなことになる、と考えた伊吹は正直に答えた。

「どんな内容の電話だった?」

「俺の送別会をしようと言ってくれたんです……」

「送別会?　それじゃあ遠藤くんに会ったんだな。いつ、どこで会ったんだ」

厳しく矢継ぎ早に聞いてくる川島に、伊吹はその場をつくろって嘘をついた。

「いえ、まだ会っていません。本当は昨日会うつもりだったのですが、俺は今日、被疑者を護送しなければならないので、また別な機会にということになったんです」

「次はいつ会う約束をした」

「それはまだ決まっていません」

「本当だな」

「はい」

「遠藤くんは、かなり派手に遊んでいたようだが、気がつかなかったか」

「先輩がですか？　そんなことはありません。俺の知っているかぎりでは、よく仕事もしていたし、警察が好きだとも言ってました。まさか先輩が派手に遊んでいたなど、俺には信じられません。何かの間違いではないでしょうか」

伊吹は精一杯とぼけた。

だが川島は、追及の手を緩《ゆる》めなかった。

「そうか、しかし事実なんだ。きみが遠藤くんを庇《かば》う気持ちもわからなくはないが、どうだね、正直に答えてくれないか」

「そう言われましても……しかし、一体先輩が何をしたのか、理由を聞かせていただけませんか」

一方的に質問を浴びせかけられていた伊吹は、たまらず聞き返した。

川島が大きくうなずいて、表情を和《やわ》らげた。

「そうだな、きみも理由がわからないでは話しづらいだろう。じつは、あるところから情報が入ったんだが、遠藤くんはかなりの借金を抱えているらしい」

「………」

伊吹はそうだったのかと思った。ランジェリークラブのようなところの常連になっていたとすれば、借金を抱えていたと考えられなくはない。しかし、女にボケるような先輩ではないが——。

第一、あの店には事件の内偵に行っていたのではないか。それとも、最初は内偵のつもりが、いつしかキーラと関係を持つようになってしまったのか。

伊吹は、どうしても遠藤が、借金までしてあのキーラという女に金を注ぎ込んでいたとは思えなかった。

ほんの少しだったが、あの店で事件の話をしていた遠藤の眼は真剣だった。かりに監察官の言うとおり借金をしていたとしても、きっと何か考えがあってのことに違いない。

しかし、昨日の店は、明らかに警察の給料だけで遊べる場所ではない。しかもキーラという美人を店の外に連れだしてホテルへ行くとなれば、おそらく一晩に五、六万円は要《い》るだろう。そんな金の使い方をすれば、給料などいっぺんにふっとぶ。

伊吹の頭の中に、遠藤への疑念と擁護したい気持ちが交錯する。先輩に限って、と思えば思うほど、なぜか疑う気持ちが濃くなってゆく。自然に眉をひそめ、険しい表情になっていた。

「きみは遠藤くんと懇意にしているようだが、親しくつき合っているような女性は知らないかね」

「いえ……」

「そうか、いまのうちになんとか手を打たなければ、遠藤くんが破滅する。そうなれば警察としても人材を失うことになり、大きなマイナスになる」

「破滅？」

「そうだ、ここだけの話だが、じつは麻薬を扱っていた形跡があるんだ」

「先輩が麻薬を？　まさか……」

驚いた伊吹は、川島とその傍で黙って話を聞いている幹部の顔を交互に見つめた。

「遠藤くんがキリジンスキーというロシア人船員から大量の麻薬を手に入れ、密売をしているのは間違いない」

「そんな……」

伊吹は絶句した。

キリジンスキーといえば、ロシア船を捜索したおり、麻薬を持って逃走したと見られているロシア船員である。小樽で停泊中に行方をくらまし、現在、全国に指名手配されている。そのキリジンスキーと遠藤がつながっているというのは、あまりにも唐突な話だった。

「きみが驚くのも無理はない。私たちも間違いであってほしいと思っている。しかし残念ながら、あまりにも本人に不利な状況が揃いすぎている」

「……」

「もちろん遠藤くんはわれわれの同僚だし、信用していないわけではない。だが、監察官としての立場上、見て見ぬふりはできないんだ。わかってくれるね、伊吹くん」

「…………」

「彼の名誉と警察の威信を護《まも》るために、われわれとしても極秘裡に事実を確かめなければならない。事前に手が打てるものなら打ちたいし、遠藤くんのためにも最善の方法を考えたいと思っている。だからこうしてきみにも協力を頼んでいるんだ」

川島が、さっきの厳しい表情とはうって変わって、苦悶《くもん》の色をありありと浮かべた。

「そう言われましても……しかし先輩が麻薬の密売をしていたなど……」

伊吹はとても信じる気にはなれなかった。

監察官のもとへ、誰が情報を入れたかは知らないが、陥《おとしい》れようとする者はいくらでもいる。先輩は仕事ができた。それだけに、なかには恨《うら》んでいる奴がいてもおかしくない。逆恨みした奴が、根も葉もない情報を故意に流したのではないだろうか——。

「伊吹くん、もし遠藤巡査長から連絡があったらすぐに報《し》らせてくれ」

川島の言葉を聞きながら、伊吹は、もう一度キーラと会って、遠藤の居場所を聞き出し、監察官の言うことが本当かどうか確かめたい、と考えていた。

3

警部補の片山と乗り込んだ飛行機の中で、伊吹は、ずっと緊張のしっぱなしだった。被疑者である恩田の体にくくりつけている捕縄《ほじょう》の先を、強く握り締め、証拠品の入った黒革の鞄をしっかり腕に抱えていた。

速いものである――。

羽田《はねだ》から日航機に乗って、約一時間半足らず。伊吹たち三人は、途中何事もなく無事に千歳《ちとせ》空港へ着いた。

空港には、すでに小樽港警察署の刑事が迎えに来て待っていた。挨拶を済ませた伊吹と片山は、黒塗りの乗用車の後部座席に、被疑者の恩田を中にして両側から乗りこんだ。

「小樽は初めてですか」

ハンドルを握った刑事が伊吹に聞く。

「はい。あのう、署まではどれくらいかかるんでしょうか」

早く身柄を引き渡し、解放されたいと思いながら伊吹が聞いた。

「そうですね、ここから札幌市内までは約四十分。札幌から小樽までは、高速道を経由すれば二十分そこそこですね」

「そうですか、あと一時間ですか」

車は真っすぐ、小樽港警察署に向かった。

途中、車は渋滞に巻きこまれることもなく、順調に進んだ。小樽の街に入ったところで助手席に乗っている刑事が、話しかけてきた。

「ここは坂道が多いでしょう。船見坂《ふなみざか》、水天宮《すいてんぐう》の坂、五百羅漢《ごひやくらかん》の坂など、坂ばかりですが、海と坂のある街、それに運河の街といわれましてね、以前はニシン漁が盛んで賑《にぎ》わっていた港町なんです。いい街ですよ」

「そうですか」

「もともと小樽という名の由来は、アイヌ語で『オタルナイ』と言いまして、その昔は今の市街地まで沼があり、小さな川がその沼に流れこんでいたようで『砂の深い沢』という意味があるそうです」

「なるほど、そんな由来があったのですか」

伊吹はうなずいていたが、片山は終始黙っていた。

そんな片山を気にしながら、刑事がさらに説明を続けた。

「小樽の手宮《てみや》駅というところは、北海道鉄道発祥の地なんです。いまから五年ほど前になりますか、SLの王者と呼ばれていますC—62が復帰して、いま現在も力強く走っているんです。本来のんびりした街だったのですが、時代の流れですか、最近はだいぶ様変わりしてきました」

「どのように変わってきたんですか？」

「中古車を買いに来るロシア船が寄港するようになってからというもの、密輸や密入国の犯罪が多くなってきましてね。街の雰囲気といいますか、環境ががらりと変わりました。困ったことです」

　刑事が、おまえのような奴がいるからだと言わんばかりに、ふてくされたように押し黙って外を見ている恩田の横顔を、睨《にら》みつけた。

「彼らはほんの短い時間上陸して、中古車を買う目的を達したら、さっさと本国へ引き揚げますが、あとに残されるのは裏の利権をあさるロシアのマフィアと日本のヤクザ、それに、甘い汁にありつこうとするハイエナみたいな連中だけです。この小樽という土地を愛している大勢の素朴な市民は、たまったものではありません」

　刑事がいかにも腹立たしそうに言う。

　それで、この恩田のように、女の生き血を吸うブローカーが増えてきたのか——。

　納得した、というふうに大きくうなずいた伊吹は、遠藤と行った横浜のクラブを思い出した。

　あの店にいたロシアの女性たちも、ブローカーたちの手を経て、この小樽から東京近辺へ連れていかれたのでは——。

女は、ヤクザの組織を通じて商品として売り捌《さば》かれる。その女を高値で買った業者が売春を強要するのだ。

それにしても、遠藤は今どうしているんだろう、と心配しながら外の景色を見ていた伊吹の眼に、車窓を通して中古車販売の看板がやたら飛び込んできた。

「伊吹さん、気がつきましたか。中古車の店が多いでしょう」

「ええ……」

「なにしろこの狭い小樽の街に、中古車を販売する店が二百五十軒もひしめき合っているんですからね」

「そんなにあるんですか……」

「ええ、ロシア・マフィアの息のかかったバイヤーが、ツアーを組んで車あさりに来るんですよ」

刑事の説明によると、バイヤーたちは、税金を逃れるために一台五万円以下の中古車を買い付ける。性能のいい日本車をロシアに持って帰ると、いい商売になるらしい。

一人が二台も三台も持ち帰り、国内で売り捌く。中には偽造パスポートを使ったり、友人のパスポートを不正使用して、一度に五台以上も買い込む者もいるというのだ。

問題は中古車ディーラーが出入りすることより、その背後でマフィアがうごめいて取り仕切っていることだろう。そこに拳銃や麻薬の密輸、あるいは売春する女の売買といった事犯が、この静かな小樽の街で起きるようになったとなると、地元の人はたまらないだろう。

伊吹は、旧ソ連の崩壊がもたらした弊害が、こんなところにまで波及してきているのかと思った。

4

伊吹たちが小樽港警察署へ着いたときは、もう夕方近かった。

人口約十八万人の小樽は坂の多い街である。警察署は、地獄坂と呼ばれている国道五号線沿いの官庁街の一角にあった。

警察署に着いた片山と伊吹は、すぐに恩田の身柄を引き渡した。

留置場に収監したあと、保安課長の生田《いくた》警部に会った。

「事件の証拠品と証拠書類をお持ちしました。伊吹くん」

と片山が促《うなが》した。

声をかけられた伊吹が大事に抱えてきた鞄を手渡した。

「たしかに預かります」

「よろしくお願いします」

頭を下げた片山も、身柄を引き渡すまで見せていた険しい表情を崩した。

「フーッ、これでやっと肩の荷がおりました。あ、そうだ、忘れるところでした。岩渕警部が、くれぐれもよろしく伝えてくれということでした」

本部麻薬課の岩渕警部と生田は、警察大学校時代の同期である。

「あなた方がここへ着く少し前に、連絡がありました」

「そうでしたか」

「お帰りになりましたら、あとはこちらで処理しますからと伝えてください」

「わかりました。そう申し伝えます」

生田は、伊吹から受け取った鞄を部下に渡して、

「大事なものだ。すぐに手続きしてくれ」

と指示した。そして署長が待っているからと二人を署長室へ案内した。

「遠いところをご苦労でした。お疲れになったでしょう」

署長がねぎらいの言葉をかける。

「正直申しまして、護送は疲れます。しかし、被疑者の身柄を引き渡したあとのこの解放感は何とも言えません」

片山が言って、出された熱々のコーヒーを啜《すす》った。伊吹も同じようにカップをとり、口へ運んだ。

　しばらく雑談をしたあと、すっかり気分が落ち着いたのか、片山はスーツの内ポケットから煙草《たばこ》を取り出し、口にくわえた。

「宿は取らせてありますので、今夜はゆっくりしてください。明日、うちの者に市内を案内させます」

「いろいろ心遣いをしていただいて、ありがとうございます。しかし、われわれは明日の朝すぐに東京へ戻らなければなりません。仕事がつかえてますので」

「そうですか、仕事なら無理に引き止めるわけにもいきませんな」

　伊吹は、顔にこそ出さなかったが、ちょっと不満だった。

だが、仕事で来たのだから仕方がない。しかし、せめて海だけでも見て帰りたいと思った。

　密輸絡みのロシア船が寄港する小樽港を見てみたい、という興味もあった。が、警察学校を卒業して初めて赴任した先が、港南水上警察署だったこともあって、何となく潮の香りを嗅《か》いでみたい、そんな気持ちに駆られていたのだ。

「そうそう、まことに申し訳ないが、岩渕警部から頼まれている資料があるんです。荷物になりますが、あとで刑事に届けさせますので持って帰ってお渡し願えませんか」

　署長が言った。

「わかりました。それでは署長さん、私たちはこれで」

片山が挨拶をして、伊吹と一緒に席を立ち、署長室をあとにした。

署を出た片山と伊吹は、刑事の運転する覆面パトに乗せてもらい、宿泊先のホテルへ向かった。

途中、どうしても海を見たいと思った伊吹が、

「警部補、無理を言っていいでしょうか」

「なんだ」

「急に小樽港の潮の香りを嗅ぎたくなったんです。もし警部補がお疲れでしたら、先にホテルへ戻って休んでいてください。俺は少し海辺を歩いて帰りますから」

「そうだな、おまえは小樽が初めてだったな。風呂に入ってゆっくりしたいが、このままホテルへ帰ってボーッとしているより、知らない港町を散歩するのもいいだろう。それじゃ小樽港でも行ってみるか」

「すみません……」

「それじゃ私がご案内します。生田警部からも、時間があればどこか案内するようにと言われてますので。港はすぐ近くですから」

「なにか無理を言ったみたいですね」

伊吹が悪かったかなと思いながら遠慮がちに言う。

片山と伊吹を乗せた覆面パトは、小樽港に突き出た急な坂道、船見坂を真っすぐ海へ向

かった。

三人の乗ったパトカーが小樽港に着いた。

北海商船のフェリーターミナルの左側に、東側から第一埠頭《ふとう》、第二埠頭、第三埠頭と海に突き出している。小樽運河のあるところから観光船が出ている。運河沿いには散策道があり、ガス灯が立ち並んでいる。軒を連ねた石造りの倉庫が、何とも古風で落ち着いた風《ふ》情《ぜい》をかもし出していた。

すでに五時を回っている。埠頭は五時以降、立入禁止になっていた。

「最近この辺りで、バイクなどの密輸が多くなりましてね。ロシアの船が入ってくるようになって、この埠頭が密輸業者など胡散臭い者たちの談合場所、密会場所になっているんです」

と刑事は説明しながら、片山と伊吹を乗せたまま、第三埠頭の先端まで車を走らせて停めた。

特別な者以外の立ち入りを制限しているのは、ロシアの犯罪中継基地になったからか。

そういえば、ロシア船の入港を断わっている港が、北海道以外にも青森、秋田、新潟などで出てきていると聞いたことがある——。

ロシア船は警戒の手薄なところを狙《ねら》って入ってくる。そして、警察の取り締まりが厳しくなると、また次の新しい港へ移り、犯罪行為を繰り返すというわけか。伊吹はそんなことを考えながら車から降りた。

海から吹いてくるやわらかな風が、潮の香りを運んでくる。その潮風を精一杯吸いこんだ伊吹が、刑事に話しかけた。

「密輸や人身売買を未然に防ぐ方法はないのですか」

「なかなか難しいですね。疑いがあるからといって、それだけで船を検索するわけにはいきません。徹底した情報の収集によって証拠固めをするしか方法はないんです」

「ロシアの人間が絡んでいるだけに取り締まりが大変ですね」

片山が同情するような言い方をした。

「うん？　あれは……」

岸壁に停まっていた白い乗用車が動きだすのを見て、伊吹が思わず呟いた。

「どうした」

片山が聞く。

「いえ……」

曖昧《あいまい》な返事をした伊吹は、一瞬、自分の眼を疑った。走り去る車の後を眼で追いながら、

（運転していたのは遠藤先輩では？　助手席に外人の男が座っていたが、しかし……）

伊吹は首を傾げた。

まさか遠藤が小樽にいるわけがない。きっと他人の空似だ。監察官の川島警視から遠藤のことを聞いていたから、それが気になって見間違えたに違いない。

伊吹は、自身の気持ちを否定する一方で、さらに考えた。

この小樽はロシア船が入港している。護送してきた被疑者もロシア人の女を密入国させて指名手配されていた。遠藤が連れていってくれた横浜のクラブには、ロシア人の女が働いていたし、品川埠頭であがった変死体もロシアの女だった。一連の事件の背後に、ロシアという共通点がある。

一方、遠藤は、ランジェリークラブで働いていたロシア人の女キーラと、ただの男と女以上に親しくしているような感じだった。もし、あのキーラが遠藤の彼女で、麻薬や拳銃の密売、人身売買などの事件に関わっていたとしたら――。

いや、間違いない。その証拠に、監察官の川島警視から麻薬、覚醒剤に関して強い疑いをもたれている。キーラに会った直後に無断欠勤していることからしても、遠藤が事件に直接関わっているか、巻き込まれた可能性は高い。ひょっとすると、キーラも店からいなくなっているかも――。

もし、遠藤の関わっている事件が、北海道と何らかの形でつながっているとすれば、この小樽へ来ていたとしてもおかしくない。伊吹はそう考えていたのだった。

5

翌日、伊吹と片山が東京へ戻ってきたのは昼前だった。

署へ戻った伊吹は、そのまま勤務に就《つ》いた。

「ご苦労さん、小樽はどうだった。札幌が近くだし、ススキノへでも行ってみたか」

堂園が、ニヤニヤしながら伊吹の顔を見つめた。

「遊ぶ時間などありませんでした。小樽の港へ行って潮風に吹かれたくらいです」

「そうか、それは残念だったな。しかし、そっちのほうの愉しみがないとなると、ただ疲れに行ったようなものだな。まあ、今日はゆっくり体を休めながら勤務するといい」

「ありがとうございます。ただ、飛行機に乗っていただけですし、向こうで動くときはずっと車でしたから大丈夫です」

伊吹は初めての護送だったこともあって、精神的にはかなり疲れていた。だが、転勤してきたばかりである。他の先輩や同僚もいるのに、堂園の言葉に甘えて自分だけゆったり休む気持ちにはなれなかった。

電話が鳴る。伊吹が反射的に手を伸ばしかけた。が、その前に堂園が受話器を取った。

「はい駅前派出所……ああ、あなたでしたか……ええ、おりますが、ちょっと待ってください、代わります」

と言って、また、ニヤッと口元をほころばせた堂園が、送話口を手で塞《ふさ》ぎ、

「さやかさんからだ」

「さやかさん？　ああ、あの……」

伊吹は名前を聞いたとき一瞬誰だかわからなかった。が、すぐに思い出した。

「さ、早く出てやれ」

堂園が急《せ》かすように言って、持っていた受話器を伊吹のほうに差し出した。

「すいません……」

伊吹は頭を下げながら、内心驚いていた。

ジャパン貿易商事の東原社長や、堂園が言った言葉はほんの冗談だと思っていた。まさか、さやかの方から電話をかけてくるなど思ってもいなかった。

何の用だろう、と思いながら、緊張して電話に出た。

「はい、伊吹ですが」

──あ、私です、覚えてます？　さやかです。ごめんなさいお仕事中に。今日は当直なんでしょう？

「はい……」

──昨日の夕方お電話したら、急にお仕事で北海道へ出張したと……それで今日は勤務

してるはずだからって教えていただいたものですから。ご迷惑じゃなかったかしら。

「いえ、迷惑だなんて、そんなことはありません」

――突然お電話して、女の私からお誘いするのはどうかと思ったのですが、でも、もう一度どうしてもお話がしたくて……。

「俺とですか」

伊吹は、予期しなかった言葉がさやかの口から飛び出したことに驚き、戸惑った。誘われることなどまったく考えていなかっただけに、信じられない気分だった。

――もし差し支えがなかったら、明日お時間いただけないでしょうか……。

「俺はかまいませんが……」

伊吹は、じっと顔を向けている堂園から眼を逸《そ》らした。できるだけ平静な顔を装いながら返事をした。

さやかと話しているところを見られるのが、何となくバツが悪かったのだ。

だが、すぐにしまったと思った。簡単に返事をしたものの、明日は、横浜のランジェリークラブへ行ってキーラと会い、遠藤のことを聞くつもりにしていたのだ。

しかし、さやかに返事をしてしまった以上、いまさら断わるわけにもいかない。かといって、遠藤のことを後回しにするわけにもいかなかった。

――伊吹さんの都合のいいお時間に、合わせますから。

「時間が少しずれてもいいですか」

伊吹は迷った挙句、聞いてみた。

――はい、私はいつでも……。

「それじゃ勝手を言って申し訳ありませんが、あまり時間はかからないと思いますが、どうしても人に会わなければなりません。午後八時すぎなら確実に時間が取れるのですが、遅すぎますか……」

――いえ、私もそのほうが……七時ころまでお仕事がありますし、夜ならずっと時間が空《あ》いてますから……でもよかった。もしかしたら断わられるのではないかと……。

「そんな、俺のほうこそ……で、どこで待ち合わせを。俺はどこでもかまいませんが」

――どこか静かなところがいいですね。新宿や渋谷みたいに人の多い場所じゃなければ。私の車でドライブしていただけますか。

「そうですね、いいですね」

――用事はどこで済ませるのですか？

「横浜です」

――それではその後、品川の駅前で待っていていただけますか。

さやかは秘書らしく、てきぱきと決めた。

ご苦労さんです、と声をかけながら白バイの乗務員柴田健一《しばたけんいち》と、もうひとりの巡査が立ち寄った。

伊吹が立ち上がって敬礼する。伊吹に軽く頭を下げた柴田を見て、堂園が紹介した。

「伊吹さんなら知ってますよ。会うのは初めてですが、この前、道玄坂で指名手配の被疑者を逮捕した方ですね」

脱いだヘルメットを抱えた柴田が、精悍《せいかん》な顔の中に笑顔を見せて言う。伊吹ほど背は高くないが、がっしりしたいい体つきをしていた。

「そういえばたしか、柴田さんたちは事件があったとき、ちょうどあの近くで取り締まりをしてたんでしたね」

道玄坂に差しかかったところで、交通違反のベンツを取り締まっていた白バイが、柴田だったのである。

「無線を聞いて駆けつけたときは、もう、事件は片づいたあとだった。しかし、相手の男も運が悪い。伊吹さんのような人に捕まったのですから」

柴田が、わざと犯人の男に同情するような言い方をして、笑顔を見せた。

「しかし部長、頼もしい人が入ってきたじゃないですか」

「この渋谷は外からいろんな人が集まってくるところだからね。それだけに事件も多い。伊吹くんのように、やる気のある者でないと、やっていけないからね」

堂園が本人を目の前にして誉《ほ》めあげた。

「部長……」

伊吹は何と応《こた》えればいいのか、返事に窮した。誉められて悪い気はしないが、事あるごとに誉められ、親切にされると、逆に薄気味悪ささえ感じる。

「柴田さん、そろそろ行かなければ」

腕時計に目を落としたもうひとりの白バイ乗務員が言う。

「そうだな……部長、またゆっくり寄らせてもらいます。すみません、けさ預けていたものを……」

柴田が雑談をやめて、仕事の顔に戻った。

「ああ、そうでしたね、ちょっと待ってください」

堂園が立ち上がり、仮眠室へ入った。

仮眠室の押し入れの中には、拳銃を入れる小さな保管庫が、床に固定して取りつけてある。

仮眠するとき、銃を枕元において寝るというわけにはいかない。必ずその保管庫に収め、鍵をかけるように決められている。だから、派出所や駐在所には、事故を防止するという観点から、必ず保管庫を取りつけてあるのだ。

万が一のことを考えて、鍵は勤務員が肌身離さず身につけている。だから仮眠している警察官から拳銃を奪おうとするなら、その警察官を殺傷するか、睡眠薬でも飲ませてぐっすり眠らせたあと、鍵を奪い取り、盗むしかない。

伊吹や遠藤もそうだったが、堂園も重要なものを預かったりすると、その保管庫に入れるようにしていたのだった。

堂園は、ポケットから出した鍵を使い、保管庫を開けて、中から紙包みを取り出した。

その包みを持って表へ出てきた堂園が、

「柴田さん、これでしたね」

と確認させながら手渡した。

「どうもすみません、ありがとうございました。それじゃ伊吹さん、失礼します。また寄せてもらいますので」

柴田は挨拶をして派出所をあとにした。

「伊吹くん、明日の昼、何か用事があるか」

堂園が真顔になって聞いた。

「いいえ」

「出張から帰ってきて疲れているところをすまないが、勤務を交替したあと、少し時間をくれないか」

「はい……」

「すまん、じつは私の協力者から明日の昼に情報をもらう約束をしていたのだが、急に本部へ行かなければならなくなったんだ」

「……………」

「協力者と接触する日にちをずらそうかとも思ったのだが、どうしても相手の都合がつかない。それで弱ってたところなんだ」

「俺がその協力者と会っていいのであれば、行ってきます」

「すまんな、協力者には連絡を取ってわかるようにしておくから、資料をもらってきて捜査一課の片山警部補に渡してほしいんだ」

「わかりました。それで、どこで誰と会えばいいのですか」

「協力者の名前は言えないが、相手は男だ。待ち合わせ場所へ行ったら、相手から声をかけてくるようにしておく。こちらも渡さなければならないものがあるから、明日、署を出るとき渡す。相手がきみの名を確認したら、こちらから持っていったそれを渡し、向こうの品物を受け取ってくれ。場所は浜松町《はままつちょう》のモノレール改札口。ちょうど正午に会うことになっている」

「わかりました。こちらから荷物を渡して、先方から受け取った資料を片山警部補に渡せばいいのですね」

伊吹はもう一度確認した。

6

翌日の当直勤務明け――。

署へ戻った伊吹は、急いで私服に着替えた。

堂園から預かった小荷物を抱えて、浜松町にあるモノレールの改札口へ着いたのは、十二時少し前だった。

改札口の前は羽田へ向かう客と、戻ってくる大勢の客が行き交っている。伊吹は、その人込みに向かってじっと目線を凝《こ》らしていた。

なにしろ、協力者と私服で会うというのは初めてである。まるで自分が特別任務に就いている秘密諜報《ちょうほう》工作員になったような感じがして、胸がドキドキするような熱い興奮と、緊張感を覚えていた。

部長は協力者と言ったが、一体どんな相手だろう、と考えていた伊吹は、視線だけを動かして、眼の中に入ってくる男たちの顔に注意を向けていた。

捜査一課は殺人、強盗、強姦、捜査三課は窃盗などの犯罪を取り扱う部署である。詐欺や横領あるいは贈収賄《ぞうしゅうわい》関係の資料であれば捜査二課。極道など暴力団関係、あるいは暴行や傷害事件に関するものなら捜査四課。それに麻薬や覚醒剤、売春関係の事件情報であれば保安課が担当する。伊吹の所属する地域課は、それらの窓口なのだ。

重要な資料とは一体何なのだろう。捜査一課の片山警部補に届けるということは、強盗か強姦事件に関する情報だろうか。いや、もしかすると指名手配されている殺人犯の情報かもしれない。

情報の中身をあれこれ考えていた伊吹の眼前に、黒い、くすんだ布製の大きなバッグを抱えた五十年配の、小柄で、どことなく胡散臭い感じのする男が近づいてきて、

「すみません……」

と、声をかけた。

この男が協力者かと思った瞬間、伊吹の体内を、鳥肌が立つような緊張感が走り抜けた。

「あのう……東欧《とうおう》不動産の方でしょうか」

「いえ、違いますが」

「そうですか、失礼しました」

男が頭を下げて立ち去る。伊吹は、拍子抜けがした。緊張しすぎていたからだろう、腹立たしさが胸の奥からこみあげてきた。

「あのう、すみません。渋谷北署の伊吹さんでしょうか」

後ろから男が声をかけてきた。

振り返った伊吹の傍に、一見、商社マンといった感じの男が立っていた。

「そうですが」

伊吹が、真っすぐに男の眼を見て返事をした。

「大変失礼ですが、あなたが伊吹さんかどうか、警察手帳で身分を確認させていただけますでしょうか」

男は言葉こそ丁寧だが、慎重だった。

警察手帳を取り出した伊吹は、中を開いて見せた。

男は手帳に貼ってある写真と伊吹の顔を見比べ、名前を確認した。

「失礼しました。それではこれを堂園さんにお渡し願えますか」

と言って、男が手に持っていたスーツケースをそのまま手渡した。伊吹の手にずっしりした重みが伝わってくる。

「たしかにお預かりします」

「それで、堂園さんから私宛てに、何かことづけはなかったでしょうか……」

「あ、どうも……これですね」

横ポケットから、二重三重に包装し、しっかりガムテープで封をした小さな包みを出して渡した。

警察署では、被疑者から品物を預かるときは領置調書を取るし、その預かったものを返却するときには請書《うけしょ》に相手の名前を書かせ捺印《なついん》させる。

一瞬、受け取り証をもらわなければと考えたが、いや、相手からこうしてちゃんと荷物も預かっていることだし、問題はないだろう。堂園部長も受け取りをもらってこいとは言わなかった。

伊吹は、混雑する改札口の中に消えていった男の後ろ姿を見送り、預かったスーツケースをしっかり抱えた。

三章　掛けられた手錠

1

伊吹の勘は当たっていた。

ランジェリークラブ『シー・スルー』に来た伊吹は、案内されたボックスへ腰を下ろし、店内の様子をうかがった。だがキーラの姿はどこにも見えなかったのである。

その日によって服装を変えるシステムになっているのか、前に来たときと女たちの服装が違っていた。みんな同じ形のベビードールを身につけている。乳房はもちろん、うっすらとピンクがかった乳首や乳輪が見えるばかりではない。薄く透けたパンティで申し訳程度に股間は覆《おお》っているのだが、目の前を歩いている女の恥毛が、まるで裸同然に見えていた。

ボックスに座っていた女が立ち上がり、にこやかな笑顔を見せながら声をかけてきた。

遠藤と一緒に来たとき、伊吹の横に付いた女だった。

「いらっしゃい。今日はお一人ですか？」

「うん、この前せっかく誘ってくれたのにあのまま帰ったから、今日は一人できみに会いに来たんだ」

伊吹は隣りに腰を下ろした女に話しかけながら、自分でも驚いた。平気で嘘を言っている。そればかりか、自然に女の腰を抱くようにして引き寄せていた。

伊吹は、手に伝わってくる女の柔らかい肌の感触と、甘い匂いを鼻孔で受け止めながら聞いた。

「この前、俺と一緒に来た男の人、あれから遊びに来た？」

「いいえ、一度も」

「そう……それはそうと、キーラの姿が見えないようだが」

「突然いなくなったの」

女が言って、顔をくもらせた。

「突然って、いつからだい？」

「ほらこの前、あなたたち二人が来たでしょう、あの次の日からずっと無断でお店を休んでいるの」

「何かあったのかい？」

伊吹が女の体をさらに引き寄せ、顔をのぞき込むようにして、矢継ぎ早に聞いた。

「それが……」

女がカウンターにちらっと眼を移した。話しづらそうに口を噤《つぐ》んだ。

伊吹も女の視線につられて、同じようにカウンターの方を見た。例の眼の鋭い支配人コスネンコが、様子を探るような眼付きをしてじっと伊吹たちを見ていた。

ここでは周りの眼が気になって話せないのだ。ということはこの女、キーラのことについて何か知っている。ここで話しづらいのなら外に連れ出すしかない。どうせ売春が目的の店だ。金を払いさえすれば文句は言わないだろう——。

伊吹は、何食わぬ顔をして話題を変えた。

「俺とデートしてくれるかい？」

「本当に、いいの？」

女が体をぴったり寄せて、嬉しそうに笑顔を見せた。

「嘘じゃない、この前せっかくきみが誘ってくれたのに断わっただろ。だからあの後ずっと気になっていたんだ。きみを傷つけたんじゃないかと思って。だから今日は一人で来たんだ」

伊吹は自分で喋《しゃべ》っていながら、俺も大した男だ、よくもぬけぬけとこんなことが言えるものだ、と思いながらさらに聞いた。

た。

「きみと一緒に店を出るにはどうすればいい？」

女は、伊吹の頰に軽く唇を触れて、まかせてというふうに、またニッコリと微笑みかけた。

何とも言えないいい匂いが鼻を突く。独身で体力のあり余っている伊吹は、むんむんした女の体臭をまともに嗅《か》がされ、体が焼けつくようにカッカしていた。

女は、上機嫌で店外デートのシステムを説明した。

「お店に払うお金が、一人だから一万円。デート料五万円。ホテル代は別でね」

「わかった、じゃ、ホテル代は別で六万円払えばいいんだね」

伊吹はほっとした。手持ちの金の半分以下で足りる、と思った。

「それじゃ、出ようか……」

「ええ、でもちょっと待って。マスターに話してくるから」

「金はいつ払えばいい」

「マスターが来るから直接渡して」

女はそう言ってそれとなく伊吹の股間に手を当てて、立ち上がった。

やはり元気がいい。伊吹は思わず腰を引いた。頭では抱くつもりはないと思っていても、男の塊《かたまり》はすでに怒張しかけていた。

伊吹は、マスターの方へ歩いて行く女の後ろ姿にじっと見入った。後ろへ突き出した丸く柔らかい感じの尻が、揺れている。店の中に目線を移した。背の高い、しかも肌をあらわにした若い女が並んで立っている姿は、何とも華麗だった。

伊吹の傍《そば》に、日本人のマスターが愛想笑いを作りながら近づいてきた。

「ありがとうございます。お客さま、店のシステムを女の子がお話ししましたでしょうか」

「ああ、聞いた。ここで払うんだろ」

「おそれいります。それでは女の子は早退《はやび》けすると言ってますから、ここで精算させていただいてよろしいですか」

「ああ……」

「ありがとうございます。それではドリンク代とサービス料、テーブルチャージなど全部で六万円いただきます」

マスターの言葉を聞いていた伊吹は、なるほどうまいことをやっていやがると思った。わざわざ売春料として別料金を取れば、管理売春として検挙される。しかし、すべてを飲み代として払わせれば管理売春にはならない。

しかも、女は早退けするという。ということは、外で男とホテルへ行こうがどうしようが、それは個人のプライベートな時間での出来事である。店とは一切関係がなくなる。つまり、体を売ってもそれは女の子の勝手。自由意思だからと、逃げを打てるようにしていたのだ。

マスターの言葉にうなずいた伊吹は、内ポケットの中に手を突っ込み、太い指先で万札を六枚数えて摘《つま》み出し、マスターに渡した。

服を着替えて出てきた女が、にっこりと笑顔を向けて、

「お待ちどおさま」

と声をかけた。席を立った伊吹に寄り添うようにして腕を組んだ。

伊吹が出入口に向かって、二、三歩、歩きかけたときだった。出入口のドアが開いた。

2

伊吹は思わず顔を伏せた。

だが、すでに遅かった。入ってきた三人の男と、まともに眼があった。

一人は知らない顔だったが、あとの二人は本部の岩渕警部と外事課の西口巡査部長だったのだ。

女とまるで恋人のように腕を組んでいるところを、まともに見られた。

「きみは港南水上警察署の遠藤くんと一緒にいた……。所属と名前は」

西口はすぐに気づいて声をかけた。

「………」

「所属と名前は」

「……渋谷北警察署地域課、伊吹龍次……」

伊吹が仕方なくボソボソッと言う。

「何だって。伊吹？」

岩渕が眉間《みけん》に縦皺《たてじわ》を寄せ、睨《にら》みつけた。

女が警察と聞いて驚いたのか、組んでいた腕を解《ほど》き、突き放すようにして伊吹の体から離れた。

「きみはここがどういう店か知って女を連れ出そうとしていたのか！」

「………」

伊吹は、まずいところで見つかったと思ったが、何も言い返せなかった。

すでに金は払ってしまっている。調べられればいくら言い訳しても通らない。何をどうすればいいか、頭を混乱させていた伊吹は、ただ黙っているしかなかった。

「きみは現職の警察官であることもわきまえず、法を犯して買春するとは、何を考えているんだ！」

西口が顔色を変えて怒鳴りつけた。

「………」

「きみはいつからここに出入りしている。よくこの店に来ているんだな」

岩渕が冷静な口調で聞いた。

「いえ……」

「なぜこの店を知ってるんだ」

「………」

「遠藤くんと一緒に来たんじゃないのか」

「いえ……」

「きみが遠藤巡査長と懇意にしていたということは聞いている。遠藤くんがいまどういう立場にあるか、知らないはずはなかろう」

「………」

「われわれは八方手を尽くして、この店に遠藤くんが出入りしていたことを突き止めた。ところがこの店にきみが来ている。どういうことか説明してもらおうか」

岩渕は、西口ほど感情を剝《む》き出しにしなかったが、まるで被疑者を調べるように高圧的な態度を見せていた。

警察社会は階級制度の厳しいところである。上司と部下の関係は絶対である。巡査の伊吹からしてみると、警部といえば三階級も上の警察幹部。どんなに厳しく問い詰められても、文句は言えなかった。

「きみは遠藤くんの立ち回り先を知っているだろ」

西口が激しい口調で詰問した。

「いえ、知りません……」

俺だって先輩の居所を知りたいから、こうして捜しに来たんだ、と思いながら、いまはなにも喋らないに限る、と考え、伊吹は固く口を噤んでいた。

「じゃあなぜここへ来た。事の重大さがきみにはわからないのか」

西口が眼を吊り上げ、顔色を変えて激しく迫った。

「知らないものは知らない。答えようがないじゃないですか」

伊吹が睨みつけて反発した。

他に客もいるし女たちもいる。いくら幹部といっても直属の上司ではない。それなのにこんな遊ぶ場所で、しかもまったく関係のない客がいる前で、いきなり怒鳴りつけられたのだ。伊吹は、さすがに面白くなかった。

「きみは遠藤くんのことに関して、何か隠さなければならない事情があるのかね。もしあるとすれば、きみを厳しく調べなければならなくなるが、それでもいいんだな」

岩渕が冷たく言う。

そこへ、マスターと話していた刑事が近づいてきて、何事か西口に耳打ちした。

二度、三度と大きくうなずいた西口が、険しい表情を向けて刺《とげ》のある言い方をした。

「こちらは神奈川県警の風紀係の方だ。いまはっきり確認したが、やはりきみは遠藤くんと一緒にここへ来てるじゃないか。しかも、金を払ってさっきの女性を買い、ホテルへ行こうとしていた。そうだな」

「………………」

「とんでもないことをしてくれたものだ。事実がはっきりした以上、警察官としてこのまま見過ごすわけにはいかない。懲罰にかけられても仕方がない。その腹づもりだけはしておくことだ」

岩渕がきっぱりと言った。

伊吹はどうすることもできなかった。

事実は事実である。伊吹としても認めないわけにはいかなかった。

どうせこの店も管理売春で摘発される。法を護《まも》り執行する側である現職の警察官が法律を犯したとなれば、格好の新聞ダネだ。公《おおやけ》になれば、警察としても処分しないわけにはいかない。

(処分を決めているのなら、こんなところでくどくど言う必要はないじゃないか。処分したけりゃ勝手にしろ――)

懲戒免職を覚悟した伊吹の気持ちは、完全に追い詰められていた。半ば捨てばちな気持ちになっていた。

「すぐに帰りたまえ。あす改めて、所属の幹部から連絡があるだろう。それまで自宅で謹慎していろ」

岩渕の厳しい言葉に、伊吹は黙って頭を下げ、じっと唇を嚙みしめた。

3

伊吹はどうにも気がおさまらなかった。揺れ動く気持ちを抑えきれなかった。クビになれば、もう二度とさやかに会うこともないだろう。しかし、その前にもう一度だけ会っておきたい。苛立《いらだ》つ感情を抱えたまま、品川の駅へ着いた。

せめてさやかとの約束だけでも守らなければ、きっとあとあと後悔する。伊吹は、謹慎を命じた岩渕の言葉にあえて逆らったのである。

すでにさやかは先に来て待っていた。真っ赤なスポーツカー、流れるようなボディの高級車に乗っていた。

暮れた街並を色とりどりのネオンが包み込んでいる。しかし、派手な明かりの裏で、陰湿な何かがうごめいているようだ。

「どうしたの？　真っ青な顔をして……」

さやかが心配して聞いた。

「い、いや、何でもない……。すみません、遅くなって……」

伊吹はできるだけ平静を装った。

「本当に大丈夫？　忙しいのに無理を言ったんじゃないかしら」

「そんなことはありません。それよりさやかさん、レインボーブリッジでも見に行きませんか」

伊吹は潮風に当たりたかった。

「そうですね、私もちょうど見たいと思っていたの。いつもコンクリートに囲まれた建物の中で仕事をしていると、ときどき息が詰まりそうになるの。そんなとき暗い静かな海を見ると、とっても気持ちが休まるわ」

さやかは車を出した。

品川からレインボーブリッジまでは、すぐだった。レインボーブリッジは、上下二層の構造になっている。上が高速道で下が一般道である。歩いて渡ることもできる吊橋《つりばし》だった。

もとの勤務場所、港南水上警察署が近くだったこともあって、付近の地理に明るい伊吹は、芝浦の方から、七色の虹に輝くできたばかりの一般道を渡り、台場の方へ下りるよう言った。

途中、伊吹は黙りがちだった。いろいろなことが頭に浮かんできて、つい考え込んでしまっていたのだ。

ハンドルを握っているさやかも、自然に口が重くなっていた。初めてのデートだというのに、二人の間には何となく重苦しい空気が漂《ただよ》っていた。

さやかに会えば少しは気持ちがおさまるかもしれないと思っていたのだが、伊吹の頭はますます混乱していた。考えることといえば遠藤のことばかりだった。

さやかはお台場海浜公園にスポーツカーを停めた。

遠藤が出入りしていたランジェリークラブにまで、麻薬課の岩渕警部が捜しに来た。ということは、やはり先輩が麻薬の密輸に手を染めていたというのは本当だろうか。伊吹は、自身が処分を受けようとしているというのに、そんなことを考えながら車を降りた。

静かな波がすぐ足元に揺れている。下から見上げるレインボーブリッジが、夜空に映《は》えて美しい。橋を吊っているワイヤーロープに点灯されたグリーンの明かりが、チカチカ輝いている。遠くに新宿副都心の明かりが見え、波静かな海面には夜景を愉《たの》しむ何艘もの屋形船が、ゆったりと船体を浮かべていた。

「ねえ、伊吹さん、いま本当におつき合いしている女性はいないのですか？」

さやかが、黙って海を見つめている伊吹に聞いた。

「ええ、いません」

「私も……」

それだけ言うと二人の会話が途切れた。

レインボーブリッジの明かりをじっと見つめていたさやかが、寂しげな表情を見せた。

そんなさやかの横顔に、ちらっと視線を向けた伊吹が、話しはじめた。

「つき合っていた彼女と別れて、もう三カ月以上になるかな。俺が仕事にかまけていて、あまり取り合ってやらなかったから……彼女にはいまでもすまないことをしたと思っている」

「伊吹さん、その女性を愛してらしたのね」

「ええ、好きでした。しかし過去は過去、どんなにあがいたところで過去は戻りません。冷たいようですが、もう忘れました。くよくよ考えるより、これからは前向きに考えようと思い直したんです」

「前向きに、ですか……。そうですね。そのほうが愉しいですものね」

「そうですよ。生きていればいろいろなことがあるのは当たり前ですからね。いちいち落ち込んでいたら、それこそ神経が参ってしまいます」

伊吹は話しながら、自身に言い聞かせていた。

不安はたしかにあった。警察をクビになれば、その時点から前科がつく。これから先、どんな人生が待ち受けているか見当もつかなかった。

だが、それもこれも自分の人生である。死ぬことができない以上、生涯負い目を背負って生きていかなければならない。いくら過去を悔いても、その過去から逃げだすことはできないのだ。

伊吹はさやかと話しながら、起きてしまったことは甘んじて受けるしかない、なるようにしかならない、と腹を据えた。そう考えると、胸の中に溜《た》まっていたモヤモヤがスーッと取れていくような気がした。

ただ、警察を辞めさせられるときは自身の気持ちを納得させなければ、と考えていた。今度のことでは、遠藤に麻薬密輸の容疑がかかっているが、そのことが伊吹にはどうしても信じられないし、納得できなかった。

五年前、爆死させられた夫婦の事件、殺されて海に浮いていた女の死体、ロシアからの出稼ぎ売春。それら一連の事件を、遠藤が、関連づけて捜査をしていたように思われる。

伊吹には、遠藤が犯罪に関わっているとはどうしても思えなかった。たとえ警察を辞めても真相を突き止めなければ、と考えた伊吹は、現実に戻ってさやかに聞いた。

「さやかさん、なぜ俺みたいな者を誘ってくれたんですか」

「今日は私の誕生日なの。だから誰かと静かに過ごしたかった……」

「そうですか、誕生日だったんですか」

「秘書といえば、周りの人たちは華やかなお仕事のように考えているみたいだけど、いつも気を遣っているだけで、ときどき自分というものがわからなくなるの。息が詰まりそうになって、逃げ出したくなることがあるわ。私が弱いのかもしれないけど」

「そんなことはありません。誰だって自分がわからなくなるときはあります。それに、独りになりたいときだってありますよ」

「………」

「じゃあ、さやかさん、今日は何もかもいやなことは忘れて、俺たち二人でお祝いをしなければいけませんね」

「ありがとう、嬉しいわ。本当は、誕生日にたった独りで過ごさなければならないのかと思って寂しかったの。でも、こうして伊吹さんがおつき合いしてくださったんですもの」

「そう言ってもらうと俺も嬉しいですよ」

伊吹は、自分のことばかり考えていて、本当に悪かったと思った。

「伊吹さん、一つだけわがままを言わせていただいていいかしら」

「はあ……」

「今日のこの出会い、私にいただけませんか……」

「え？」

伊吹は何のことか意味がわからず、きょとんとした。

「私、あなたとの出会いを大切にしたいの」

さやかは言いながらそっと腕を組み、体を寄せて顔をもたせかけた。

人前ではまったく弱そうな態度を見せなかったさやかさんが、こんな寂しさを持っていたとは……。

伊吹は、太い腕をさやかの肩に回した。仕事を離れて独りの女性に戻ったさやかの顔を見て、派手な感じのする職場だけに、逆に人一倍辛さや苦しさがあったのだろうと思い、いじらしく感じた。

「伊吹さん、これからは仕事を離れて、個人的に会っていただけないでしょうか」

はっきりと自分の意志を伝えたさやかは、恥じらうように顔を伏せた。

「はい。しかし……」

伊吹は嬉しかった。その場で気持ちを受け入れたかった。だが、もしかしたら警察を辞めることになるかもしれない。そう思うと返事に躊躇《ちゅうちょ》した。

「やっぱり、ダメですか……」

さやかがまた悲しそうな顔をした。

「いえ、そんなんじゃないんです。俺だってさやかさんと……」

伊吹はどうしても事情を話せなかった。

「嬉しい……そのご返事、本当にいただいてもいいのね」

さやかが眼を潤《うる》ませた。

自然に二人は見つめ合っていた。

薄く眼をつぶったさやかの唇がかすかに震《ふる》えている。さやかを抱き締め、伊吹はそっと唇を重ねた。

長い長い抱擁のあと、唇を離したさやかが恥ずかしそうに下を向く。そして伊吹の分厚い胸の中に顔を埋めて言う。

「伊吹さん、朝まで私と一緒にいて……」

「………」

伊吹は返事の代わりに再び唇を合わせた。

束《つか》の間《ま》だったが事件のことも、遠藤のことも、自身のこれからのことも完全に頭のなかから消えていた。

4

さやかの借りているマンションは世田谷《せたがや》にあった。2LDKのマンションは静かな環境の中にあった。

二人がマンションへ着いたのは、午後十時すぎ。レインボーブリッジの下で抱擁し、互いに唇を重ね合ったことで、気持ちはすっかり打ち解けていた。

部屋の中へ入ったとたん、伊吹の鼻が甘い女の香りをとらえた。

綺麗に整理されている部屋の中の様子を見た伊吹は、さやかの几帳面《きちょうめん》な性格を見たような気がした。

「ねえ、蠟燭《ろうそく》を点《つ》けてくださる?」

さやかが冷蔵庫を開けながら声をかけた。

伊吹はマンションへ来る途中、誕生祝いにと買ってきたデコレーションケーキをテーブルの上に置き、蠟燭を立て、ライターで火を点けた。

冷えたシャンペンとグラスを持ってきたさやかは、それをテーブルの上に置いて、照明を落とした。

伊吹の横に寄り添うようにして腰を下ろしたさやかの顔を、揺れる炎がぼんやりと照らし出す。

薄暗く、音のない静かな雰囲気の中で見る、彫りの深い整ったさやかの顔が、妖《あや》しい美しさをたたえていた。

「さあ、蠟燭を消して」

伊吹が言い、さやかの肩を包み込む。さやかが嬉しそうに眼を細めて、立ち昇る炎をじっと見つめた。

さやかは胸の中に深く吸い込んだ息を、フーッと吹きかけた。揺れる炎が次々に消えてゆく。芯《しん》の先から白い煙がゆらゆらっと立ち昇り、部屋の中がさらに暗くなる。二人はぴったりと体を寄せ合った。

シャンペンを注ぐより、ケーキを切るより先に二人は熱くなっていた。何度も何度も唇を重ねたあと、さやかが伊吹の手を取り、黙って立ち上がった。そのまま伊吹を隣りの部屋へ連れていった。

そこは寝室だった。窓から差し込むかすかな明かりを頼りに、部屋の中を見回した伊吹の眼が、壁際に置いてあるダブルベッドをとらえた。初めてデートしたその日に、女性の部屋に来て、寝室にまで入った。さすがに戸惑いを隠せなかった。

「カーテンを閉めて……」

さやかが甘えるように囁《ささや》く。

伊吹は窓際に歩み寄り、カーテンを閉めた。

明かりが遮断《しゃだん》された部屋の中に、さやかの白い顔が浮き上がる。暗がりから聞こえるさやかの息遣いが、伊吹には艶《なま》めかしく感じられていた。

伊吹は黙ってさやかを抱きしめた。激しく唇を重ね、そのまま押し倒すようにしてベッドへ倒れ込む。大きな体が被《かぶ》さるようにさやかの体と重なり合う。

暗がりの中で伊吹の太い指が、着ているブラウスのボタンを外し、半ば強引に脱がした。深い谷間から盛り上がった大きな乳房が、ブラジャーに支えられていた。

「ああ……」

さやかの半開きになった唇から、小さな喘《あえ》ぎが漏れる。

伊吹は、まさぐっていた乳房から手を放した。その手を女体の柔らかい肌の上に這《は》わせ、背中に回してブラジャーのホックを外した。

締めつけられていた胸が弛《ゆる》む。喘ぐさやかの息遣いに合わせて、胸の膨らみが大きく波打つ。カップの中からいまにも乳房がはみ出しそうになっていた。

肩からブラジャーの紐《ひも》を外し、腕から抜き取った伊吹は、再び大きな手で乳房を包み込んだ。

硬くなった乳首に指が触れる。一瞬さやかのからだが痙攣《けいれん》したように反応する。顔を上気させ、唇の間から間断なく歓喜の声を漏らしているさやかの乳房は、柔らかく弾力があった。

伊吹は、重ねていた唇を外し、首筋から下へずらして乳首を口に含んだ。手が、タイトスカートの留め金を外し、パンストと小さなパンティにかかる。

荒い息を漏らしたさやかが、本能的に身を縮める。が、すぐに強《こわ》ばらせていた体から力を抜き、逆に自分から腰を上げてきた。

下着をずらし、足から抜き取る。反射的に太腿を内側に寄せ、拒むような動作は見せながらも、なすがままにされ、伊吹を受け入れていた。

薄明かりの中に、さやかの白い肌が浮き上がる。服を脱いだ二人は、肌を密着させるようにして抱き合った。

「ああ……」

艶めかしい声を漏らしたさやかが、思わず腰を引いた。股間に硬くなった男のモノが触れる。いきりたっている男の塊は猛々《たけだけ》しく逞《たくま》しかった。

伊吹の手がさやかの秘部に伸びた。ざらっとした感触が指先から伝わってくる。女体の血も騒ぎはじめているのだろう、秘淫は濡れ、すでに受け入れる準備を整えていた。

男を知り尽くしているのか、それとも伊吹に抱かれるのが初めてなのか、肉体が敏感に反応している。気持ちの昂《たか》ぶりが愛液を溢《あふ》れさせ、股間を焼けつくように熱くしていた。

さやかの下半身をまさぐりながら、伊吹は体を重ねた。怒張した男塊の先が濡れた窪《くぼ》みに触れる。まとわりつく淫《みだ》らな襞《ひだ》を女体の中に巻き込みながら、愛液にぬめった柔らかい秘肉を割って、硬さを増した男が体内深くのめり込んだ。

「あ、ああ……うう……」

さやかが喘ぎながら眉間に皺を寄せ、顎《あご》を突き出すようにして体を弓なりにした。

伊吹の腰が激しく動く。分厚い胸にしがみついたさやかの乳房が、押し潰されるようにひしゃげ、変形していた。膝を立て、両脚を大きく左右に広げたさやかは、下から腰を浮かせるようにして秘淫の奥深くへ男塊を迎え入れていた。

（さやかさん、泣いているのか……）

伊吹は、涙に眼を潤ませているさやかを見て、後悔しているのではと気にしながら、一方でいじらしいと思った。

「ごめんなさい。でも嬉しい……。私こんなに愛されたの初めてだもの……」

さやかの体内には、まだ行為の甘い余韻が残っていた。だから伊吹に抱かれたまま、じっとしていたかった。

だが、初めて抱かれた伊吹の前で、涙を見せるのは恥ずかしかった。狂ったように燃えた自身を、伊吹がなんと感じただろう。淫乱な女に思われたのではないだろうか。そんな思いがさやかの脳裡《のうり》をよぎっていたのだった。

「シャワーを浴びてきていい？」

「うん……」

返事をしながら伊吹はほっとした。

抱かれたことを後悔しているのでも、悲しくて泣いたのでもない。喜んでくれていたのだ。そう思うと、ますますさやかがいとおしく思えた。

伊吹の胸を離れたさやかは、胸を隠すようにしてベッドを降りた。膝を折り、背を向けて、脱ぎ捨てていた下着と服を抱えると、足早にバスルームへ向かった。

さやかが部屋を出たあと、ごろりと仰向《あおむ》けになった伊吹は、じっと天井を見つめながら改めて遠藤のことを気にした。

岩渕たちがあれだけ眼の色を変えて先輩を捜している。それに、外事課の西口が一緒についてきていたということは、ロシアのマフィアが絡んでいるのは間違いない。

もしあの冷静な遠藤先輩が、麻薬の密輸に絡み、抜き差しならないところまで追い詰められているとしたら、おそらくキーラが原因を作ったのだろう。

遠藤もキーラも同じ時期に、申し合わせたように姿を消している。

横浜のランジェリークラブへ俺を連れていってくれた時点で、すでに組織に追われていたか、追われることを予期していたのでは……。

伊吹はそんなことを考えながらゆっくり体を起こした。裸のまま、ベッドから降りて窓際に近づき、カーテンをめくった。

街頭の明かりに照らし出された二人の男の姿が見えた。停めた車の前に立ち、じっとさやかの部屋を見上げていた。

（あいつら、何をしているんだ……）

尾行されていたのでは、と伊吹は緊張した。遠藤のことが気になっていたときだけに、よけい神経を尖《とが》らせていたのだった。

遠藤先輩とつながりのある俺を尾行しているのだろうか——。

カーテンの陰に身を隠し、瞬《まばた》きもしないで男たちの様子をうかがっていた伊吹の眼に、きらっと光が見えた。

あれはレンズの反射。俺たちの写真を撮《と》っていたのではと思った伊吹の表情が強ばった。

「そんなところで何をしてるの？　何かあったの？」

長袖のネグリジェを着て、濡れた頭髪をバスタオルの端で拭きながら戻ってきたさやかが、怪訝《けげん》な顔をして声をかけた。

裸のまま窓際に立っていた伊吹が、さやかの声を聞いて振り向く。すでにげんなり萎《な》えている股間の男塊が、まともにさやかの眼に入った。

さやかが俯《うつむ》く。さすがに恥ずかしそうな顔をして眼を逸《そ》らした。

伊吹は、慌《あわ》てて股間に手を持っていき前を隠した。急いで床に放り投げていたパンツをとり、脚を通した。

互いに抱き合っているときは、興奮しているから恥ずかしさを感じることはない。だが、言ってみれば知り合ったばかりである。気持ちは許していたが、まだ互いに深く相手を知っているわけではない。それに、興奮が冷めていたこともあって、気恥ずかしさが先に立っていたのだ。

ズボンを穿《は》いた伊吹は、上半身裸のまま、バツの悪さを隠そうと話しかけた。

「さやかさん、誕生祝いをやり直しましょう。まだケーキも切っていないし、せっかくのシャンペンもそのままだから」

「ええ……」

さやかが小さくうなずいた。

綺麗だ、美しい……伊吹は、さやかのネグリジェ姿を見て、改めて見惚れた。細い首にほつれた髪をかきあげる仕草がどことなく色っぽい。すんなり伸びた肢体と全体から受ける雰囲気が、どこか育ちのよさを匂わせていた。

5

伊吹とさやかは寝室を出て居間へ移った。

カーテンを閉めようと窓際へ近づくさやかに、伊吹が厳しく言う。

「さやかさん、窓から離れてください」

「えっ？」

「部屋の中が明るいと、外から丸見えですし、ここはさやかさんの部屋です。独身の女性は狙《ねら》われやすいから……」

伊吹は咄嗟《とっさ》にその場を繕《つくろ》った。

外の男たちのことが気になっていた。だが、わざわざ男たちの不審な行動を話すことはない。心配をかけ、不安がらせることはないと考えて、言葉を濁《にご》したのだ。

「何かあったのね」

さやかが再び聞いた。どことなくぎこちなかった伊吹の言葉に異変を感じたのだ。

俺もまだまだだな。何かあるとすぐ顔に出すし、へたな嘘をつく。伊吹は腹の中で苦笑いした。

「私がシャワーを浴びている間に何かあったのね。だって、恐い眼をしてたんだもの。怒ったの？」

さやかが寂しそうな顔を見せた。

「そうじゃないんです。ごめん……。じつは表に変な男が立っていたから、ちょっと気になっただけなんだ」

「変な男？」

「カメラを手に持って、この部屋を見上げていたんだ」

「本当？　誰もいないわよ」

さやかが閉めかけたカーテンを手ですくい上げるようにして、外を確認した。

傍へ近寄った伊吹も外を見たが、すでに車もなかったし、見上げていた二人の男の姿も消えていた。寝室からこちらの部屋へ移ってくる、ほんのわずかな間だった。

伊吹は、さやかが見張られているのでは、と一度は思った。だが、遠藤の失踪《しっそう》と関係のないさやかが、狙われる動機も必然性もない。

やはりマークされているのは俺だ。俺自身が見張られているに違いないと思い直し、また強い警戒心を抱いた。

テーブルの傍に戻ってきた二人は、再び寄り添うようにして座った。

ポン、弾《はじ》けるような音がする。伊吹がシャンペンの栓を抜き、グラスに注いでいる間にさやかがケーキを切る。

伊吹が手にしたグラスをさやかに渡し、笑顔を向けて言う。

「ではさやかさん、二人の出会いに乾杯」

「ありがとう、今日のことは忘れない。私の胸の中に……」

グラスの触れる薄い音を耳にしながら、さやかが微笑む。

二人は眼を見つめ合い、グラスを口に運んで同じようにシャンペンを喉の奥へ流し込んだ。

「さやかさんはいつごろ会社に入ったのですか？」

「大学を卒業してだから、もう、四年になるかしら。今の秘書課に行って二年だけど……あら、誘導尋問にかかってしまったわ。もうお婆ちゃんでしょう」

「そんなことはないですよ。歳のことなんかいいじゃないですか。俺の前では気にしないでください。さやかさんはさやかさんに違いないし、俺の知っている美しいさやかさんはこの世にたった一人しかいないのですから。それより、一つ聞いてもいいですか」

伊吹は、真顔になって、自分でも信じられないほどすらすらと言葉が出てきた。

「はい……」

さやかは手に持っていたグラスをテーブルの上に置き、真っすぐ伊吹の眼を見つめた。

「じつは、今ふっと思い出したんですが、五年前、ジャパン貿易商事の社員夫婦が、爆弾で殺された事件を覚えてないですか」

「ええ、聞いたことは……」

さやかが一瞬表情をくもらせた。

「すみません、こんな大事な日に、野暮なことを聞いたりして……」

「いえ、いいんです。たしかに社員が死んだということは聞いたことがあります。私が入社する前でしたから詳しくは知りませんが、たしかロシアと商品取引をするために出張していたとき、ロシアの『バーバヤ』というマフィアと関わりを持ったとか。そんな噂は耳にしましたけど」

遠藤が喋っていたロシア・マフィア『バーバヤ』――やはり、一連の事件には関係があるのか――伊吹は緊張した。

「しかし、まともな貿易をしているあなたの会社の社員が、なぜそんなマフィアと関わりを持ったのでしょうね」

「さあ、それはわかりません」

「その社員が麻薬と関わりを持ったというようなことは聞いてませんか」

「そこまでは……」

「そうですか、イヤなことを聞いてすみませんでした。せっかく愉しい出会いができたというのに……」

「あまり気になさらないで。それより今日は、泊まっていってくださるでしょう？」

「はい、俺みたいな者でもさやかさんの支えになるのでしたら」

「嬉しい……」

さやかは本当に嬉しそうに、伊吹の胸にしがみついた。

その体をしっかり抱き締めた伊吹に向かって、さらに言う。

「伊吹さん、一度あなたのお部屋へ行ってみたい」

「俺の？　いやあ、こんな綺麗なマンションじゃないから。足の踏み場もないし、ベッドも何もない狭い部屋です」

「でも見たい、本当の伊吹さんの生活を見てみたいの。それとも、私がおうかがいしたら都合が悪いことでも？」

「そ、そんなことはありませんよ。ただ、掃除もしていないし……汚い部屋でもよければ……」

伊吹は戸惑いながらも、それ以上断わることができなかった。

6

翌朝早く、伊吹はさやかを連れて五本木《ごほんぎ》にあるアパートへ戻った。

アパートは平屋建ての長屋形式になっていて、四世帯が住んでいる。やがて建て替えなければならないほど古い、木造の小さな建物だった。

さやかは、体調が悪いという理由をつけて会社を休んだ。

伊吹は正規の休みだったし、岩渕から謹慎を言い渡されていたこともあって、署へは出なかった。

いままでの伊吹は、いつも休みが退屈だった。特にこれといってすることもない。一日ごろごろしているか、たまに映画を観に行くくらいで、あとは昇任試験に備えて、本を読んで時間を潰す。そんな味気ない生活を繰り返していたのだ。

しかし、今となってはもう昇任試験のことは考えなくていい。もう上司の顔色をうかがって気を遣うこともない。どうせ懲戒処分を受け、警察を辞めさせられるのだと思うと、何もかもがバカらしくなっていた。

勤め先をクビになるかどうかの瀬戸際に立たされたら、誰でも悩むのがふつうである。

だが、伊吹は違っていた。自分でもなぜだかわからなかったが、辞めさせられるという悲壮感は微塵《みじん》もなかった。

　腹を据えていたこともあるが、さやかと知り合ったことが胸のなかに詰まっていたモヤモヤを解消させてくれた。気分的にはすごく楽だったし、すっきりしていた。むしろ、さやかと一緒に時間を過ごせることのほうが、愉しく思えていた。

　伊吹は、こんなことになるのだったら部屋の中を片付けておけばよかった、と反省しながら、立て付けが悪く、すでに軋《きし》みがきているドアを開けた。

　安月給で借りたアパートは、さやかの部屋から比べると、犬小屋かうさぎ小屋のような感じがする。さやかを迎えいれた伊吹が、急に玄関先で立ち止まった。

「どうしたの？」

　広くもない土間を見回している伊吹に、さやかが怪訝な顔を向けた。

「おかしいな……」

　伊吹が独り言を言うように呟いた。

　部屋を出るときとどこか違う。脱ぎ捨ててあった靴とスリッパが、動いている。そんな感じがしてならなかった。

　部屋の中に誰かいるのだろうかと思い緊張した伊吹は、鋭い目線を部屋の奥へ突き立てた。といっても六畳一間しかない。中にある襖《ふすま》を開ければ一目で見通せるほどの広さしかなかったのだが、さやかが一緒だけに神経をピリピリさせていた。

「さやかさん、そこにいてください」

伊吹の厳しい声に、さやかが表情を硬くして、後ろから部屋の中を見た。

靴を脱ぎ捨てた伊吹は警戒しながら上がった。がらっと勢いよく襖を開ける。だが中には誰もいなかった。

伊吹はほっとして、心配そうに見ているさやかに声をかけた。

「すいませんでした。大丈夫でした。汚いところですが、どうぞ上がってください」

「じゃ、お邪魔します」

さやかも安堵《あんど》の表情を浮かべた。

自分が脱いだ靴と、伊吹が脱ぎ捨てていた靴、それに乱雑に脱ぎ捨てられていたスリッパをきちっと揃えて上がってきた。

伊吹は素早く布団を折りたたみ、それをさらにまるめて部屋の隅に押しやる。散らかっていた本を適当につかんで、スチールの机の上に重ねた。

やはり俺の留守中に誰かがこの部屋に入っている、と思った伊吹が、また、険しい顔を見せた。

「伊吹さん、本当にどうしたの？」

さやかが立ったまま、また不安そうに聞いた。

「机の引き出しが開けられているんです。ここを見てください」

伊吹の指差す位置をさやかが見る。ほんのわずかだがたしかに、引き出されていた。

「さやかさん、すみません。そこに座っていてください」

伊吹は椅子の上に置いていたクッションを取って渡し、部屋の中を再び見回した。

壁ぎわに置いてある整理ダンスの引き出しに目を移し、注意して見た。

五段ある引き出しの右端と左端が、それぞれちぐはぐに閉まっている。いつも自分が閉めたときの感じと違っていたのだ。

警察の同僚が勝手に入るわけはないし、ふつうの忍び込みや空き巣狙いの犯人が、金目のものを狙って侵入したとすれば、もっと散らかしているだろう。

空き巣が他人の家に入り犯行を敢行するとき、だいたい三分以内に仕事を済ませるという。なぜなら、そこに住んでいる者が帰ってこないわずかの間に仕事を済ませ、逃げなければならないからだ。

プロの盗人なら、金があるかないかは勘でわかる。だったら早々に引き揚げるだろうし、こんな丁寧なやり方で引き出しを元どおりに収めるはずはない。

しかも表のドアまできっちり締めて、というのも普通では考えられない。とすると、他に何らかの目的があって、俺の部屋を家捜ししたことになるが――。

伊吹ははっとした。遠藤のことが脳裡をよぎったのだ。

7

伊吹は忍び込んだ犯人に、言いようのない憤《いきどお》りを覚えていた。

それにしても、遠藤はいったいどうしたのだろう。

だが、今ここでいろいろ愚痴ってもはじまらない。きっと先輩のことだ。どうしても話せない切羽詰まった事情があったに違いない。いずれ詳しい理由をはっきり教えてくれるだろう――。

どうせなるようにしかならない。すぐに考え方を切り替えた伊吹は、再び腰を屈《かが》めるようにして机上を見つめた。誰かが入ってきたことをはっきり確認できた。何日も掃除していなかったことが幸いした。机の上の埃《ほこり》が、電話を動かしたとき、刷《は》いたようになって取れていたのだ。

「何してるの?」

さやかが興味深そうに聞く。

「電話が動いている。きっと誰かが、この電話に触ったんだ」

と言いながら、留守番電話を見た伊吹が悔《くや》しそうに口元を歪《ゆが》めた。

「チクショウ、テープを抜き取ってやがる」

「テープって、留守番電話の？」

「うん……」

「何のためにそんなものを……」

さやかが、気持ち悪そうに眉根を寄せた。

犯人がテープを狙ったということは、俺が先輩と連絡を取り合っていると考えているからに違いない。

伊吹は、受話器に眼を近づけ、体を動かしながら明かりに透かすようにしてじっと見つめた。

「泥棒が入ったのなら警察に報《し》らせなきゃ」

さやかは伊吹が警察官であることをすっかり忘れているらしい。立ち上がって受話器に手を伸ばした。

「触っちゃいけない！」

伊吹が叱りつけるように大声をあげた。

ビクッとして、反射的に手を引っ込めたさやかが、恐そうな眼差《まなざ》しを向けた。

「そうだったわね、あなた警察官だったのに。ごめんなさい……」

さやかが謝って目線を伏せた。

「ごめん、きみを怒ったんじゃないんだ、さやかさん。この電話は俺以外に誰も使ってない。つまり、俺の指紋しかついてないということなんだ。もし誰かが受話器に触っていたら、かならず指紋がついているだろ。だからその指紋を採《と》ろうと思ったんだ」

「指紋を採るって？」

自分が叱られたわけではないと安心したのか、ほっとした表情を見せたさやかが、再び強い興味を示した。

「さて、どうやって採るか……」

指紋を採るとは言ったものの、自宅に鑑識の道具があるわけではない。警察に連絡することも考えたが、そうなると、自宅謹慎という岩渕の命令を無視して、家を空けていたことが明らかになってしまう。事態がもっとはっきりするまでは、できるだけ自力で解決したかった。周りにあるもので何か使えるものはないかときょろきょろ見回した伊吹は、机の上に置いてある鉛筆に目をつけた。

鉛筆とカッターを手にした伊吹は、ノートを破り、机の上において芯を削《けず》りはじめた。黒いきめの細かい黒鉛が、白いペーパーの上に少しずつ溜まってゆく。しばらく同じことを繰り返した。

黒鉛の微粒子が十分に溜まった。

伊吹は、煙草《たばこ》を取り出しフィルターの部分を切ると、その端をカッターの刃先を使って丁寧に解《ほぐ》しはじめた。筆の代わりに使おうと思ったのである。

眼を凝《こ》らしながら、さやかが不思議そうな顔をして聞く。

「そんなもので指紋が採れるの？」

「たぶん」

伊吹にも自信があったわけではない。だが、なんとかなると思った。

フィルターは細い繊維を固めたものである。だから繊維質が出てきて刷毛《はけ》の先のように、細く軟らかくなる。

伊吹は、解したフィルターに削った黒鉛の粉をたっぷりとつけた。そして、引き出しの中からセロハンテープを持ち出した。

体を低くしたり、上下、斜めからというふうに、いろいろな角度から受話器を透かし見ていた伊吹の眼に、光線の具合ではっきりと付着した指紋が見えた。ちょうど、光沢のある写真の印画紙の上についた指紋が、見えるようにである。

受話器の上をそっと撫でるようにして、フィルターを軽く同一方向に動かしながら、毛先につけた黒鉛を少しずつつけた。

指紋は、汗腺から出た脂《あぶら》が付着したものである。伊吹は粒子の細かい鉛筆の芯の粉を、その脂に付着させようと考えたのだ。

思ったとおり、受話器の表面は滑らかなだけに、指紋がくっきり浮かび上がってきた。

「出てきた、本当に出てきたわ」

上からのぞき込むようにして見ていたさやかが、眼を丸くした。

伊吹は浮き上がった指紋を見ながら、さらに説明した。

「さやかさん、ほら、これを見てください。出てきた指紋は渦巻き状になっているでしょう」

「ええ、たしかに……」

「これは渦状紋《かじょうもん》というのですが、俺の指紋とは全然違います。俺のは蹄状紋《ていじょうもん》といって、馬蹄形《ばていけい》といいますか、馬の蹄《ひづめ》のような形をしているでしょう」

伊吹はそう言いながら自分の指先を差し出して、さやかに見せた。

さやかは伊吹の太い手を下から添えるようにして、食い入るように指先を見つめた。

「本当だわ、まったく違う……」

さやかは納得して大きくうなずいた。

「それに、指先についているのは指紋だけではないんです。よく見ると縦や横の細い線、つまり皺《しわ》が入っているでしょう。それらを細かく調べて犯人のものかどうかを特定するんです」

「なるほどね……」

「俺の指紋と違う指紋がこの受話器についているということは、俺以外の誰かがこの部屋へ入ってきて、この受話器に触れたという証拠です」

「つまり、犯人のものということなのね」

「そうです」

伊吹は返事をしながら、壁にかけていたカレンダーを破り、裏返しにして白い部分を表にして置いた。

「それで、その採った指紋をどうするの？　伊吹さんが自分で調べるの？」

さやかが強い興味を示した。

「俺が直接調べるわけにはいきません。ただ、警察は多くの指紋を保管していますから、鑑識に頼めばその保管している指紋と照合してくれます。もし過去に犯罪歴があれば、すぐにわかるようになっているんです」

伊吹は話しながら、手に持っていたセロハンテープを、浮き出た指紋の上へ丁寧に貼りつける。こうすると粘着性のある部分に、黒鉛のついた指紋が付着するのだ。

伊吹は、指紋のついたセロハンテープを、破ったカレンダーを台紙代わりに使い、ずれないように慎重に張りつけた。そして、台紙とセロハンテープの間に入ったわずかな空気を、指先でしごくようにして抜き取った。

（この指紋を鑑識に回せばいい。もしここへ忍びこんだ犯人に前科があれば、すぐに特定ができる——）

同期の者に頼めばなんとかやってくれるだろう。そう思いながら、伊吹は指紋のついたセロハンテープをズボンのポケットにしまい込んだ。

8

伊吹はどきっとした。

電話から目線を外し、さやかの方を振り向いた瞬間、電話が鳴ったのである。

伊吹は、ポケットに捻《ね》じ込んでいたよれよれのハンカチを出して広げ、受話器を包むようにして握った。

「はい……ええ、伊吹ですが、……え、キーラさん?」

伊吹は思わず受話器を握りなおした。

キーラの名を耳にしたさやかが、一瞬険しい眼をして、伊吹の顔をのぞき込んだ。

伊吹は、そんなさやかのわずかな表情の変化には、まったく気がつかなかった。

「キーラさん、いまどこにいるんですか。先輩、いや、遠藤さんと一緒なんですか」

——それが、帰ってこないのです。それで心配になって……何かあったら伊吹さんに電話を入れるようにと、番号を教えてくれたので掛けたのですが……。昨夜も電話したのですが、留守電だったから……。

「それじゃ先輩はどこにいるかわからないのですか? 行き先は言わなかったのですか」

——北海道へ行くと……。

「北海道へ？」

受話器にしがみつくようにして聞き返した伊吹は、小樽港で見かけたのは、やはり遠藤に間違いなかった、と確信した。

「キーラさん、先輩がなぜ北海道へ行ったか、知っていたら教えてくれませんか」

——キリジンスキーというロシアの男性に会うために……でも、一度電話があっただけでそれっきり何も連絡がないし……それで私、心配で心配で……。

キーラが電話の向こうで今にも泣きだしそうな、おろおろした声を出した。

「キリジンスキー？　本当ですか。何のために会いに行ったのか、理由は言ってなかったですか」

伊吹の脳裡に、監察官の川島警視が口にした、ロシア人の名がよぎった。そしてすぐ、小樽港で見た遠藤の運転する乗用車に乗っていた、外人の男のことを思い出した。

——私は何も……ただ、もし連絡が取れなくなったら、伊吹さんへ必ず伝えるようにと頼まれたことが……。

「俺にことづけが？　どんな……え、そうですか、目黒《めぐろ》郵便局ですね。わかりました……で、あなたがいるそこの場所は……じゃ、今からすぐに行きますから、キーラさん、絶対にそこを動かないでください」

ガチャッと荒々しい音をたてて電話を切った伊吹の表情は、硬く強ばっていた。

「伊吹さん、どうかしたの？」

「ええ、俺の先輩のことでちょっと。さやかさん、せっかく来てくれたのに、急用でこれからすぐに出掛けなければならなくなりました。すみません」

伊吹が焦《あせ》って言う。

「私のことはかまわないけど、今おっしゃってた、キーラという人のところへ行かなければならないんでしょう。今どこにいるの？」

「品川です」

「だったら、わたしの車を使って」

さやかは、伊吹の顔色と、電話での話しぶりからおおよその状況を察したのだろう、何があったか理由も聞かずに協力を申し出た。

「しかし、それじゃ」

「駅まで行って電車に乗るより、ここから直接車で行くほうが早いわ。迷惑でなかったら私にも手伝わせて。伊吹さんと一緒にいたいから」

「すみません。じゃあお願いします」

伊吹は頭を下げた。とるものもとりあえず、さやかと一緒に表へ飛び出した。

キーラの居場所はすぐに見つかった。おそらく百世帯はあるだろう、大きなマンションだった。

伊吹はなるほどと思った。こぢんまりしたマンションより、隠れるには都合がいいかもしれない。

人が多ければ目につきやすいということもある。しかし逆に、人が多ければあまり目立たないし、目につきにくい面もある。都会では、互いに住人同士はかまわないから、つき合いをしなくても誰も気にかけない。

伊吹は五階に住んでいるキーラの部屋を訪ねた。

入り口を見た伊吹の眼が鋭く強ばる。ドアが開いていたのだ。

(電話であれだけ怯《おび》えた声を出していたキーラが、ドアを開け放ったままにしていることはありえない――)

部屋の中に踏み込んだ伊吹が、玄関先に入ってきたさやかに向かって、

「入っちゃいけない！」

と大声をあげた。

「えっ……」

さやかが思わず足を止めた。

部屋の中に上がり込んだ伊吹の足も竦《すく》んでいた。

壁に貼られた白いクロスに、飛び散った血が叩きつけられたように付着している。床の上には血だらけになった男の死体が転がっていた。

伊吹は、さやかがいることもあって気が張っていたからだろう、不思議なことに動じなかった。

現場の惨状と血の色を見たとたん、体がカーッとなり、興奮して頭に血を昇らせたものの、伊吹に、恐怖の意識はなかった。

(この男は……なぜこの男がここに。これは一体どういうことなんだ……)

伊吹は倒れている男の顔を見た瞬間、思い出した。

渋谷のファッションヘルス『ホット・イン』の前で傷害事件が起きる直前、白バイ乗務員の柴田が取り調べていた、ベンツに乗ったチンピラ風の男に違いないと思った。

(まさかキーラがこの男を……)

部屋の中を見回すが、キーラの姿はどこにもない。キーラは男に襲われ、殺して逃げたのか。

伊吹は蒼白い、血の気が失《う》せた死体の顔を食い入るように見つめた。男はこめかみの真上、側頭部を見事に銃で撃ち抜かれていた。

俺がここに来たとき、周囲に誰もいなかった。これだけ血だらけになっているということは、かなりここで揉み合ったはずだし、襲われたとき、たぶんキーラは悲鳴をあげただろう。これだけのマンションだったら、一人や二人騒ぎに気づいてもいいはずだが、誰も出てきていない。

拳銃を使ったのは明らかだ。だったら、なおさら近所の者が気づいてもいいはずだが、なぜだろう――。

初めから音を消すためにサイレンサーつきの拳銃を用意していたのだろうか。たしかにサイレンサーを使えば音が出ない。

しかし、キーラが銃を持っていたとしても、まずサイレンサーなど使わないだろうし、この状況からすると、そこまで冷静に考える余裕があったとは思えない。ということは、この殺人はプロがやったと考えるべきだ。

俺と遠藤先輩が発見したロシア人の女も、この男と同じように銃弾で頭を撃ち抜かれていた。手口が非常によく似ているが、もしかしたら同一犯人では――。

伊吹は拳銃の射撃が得意なだけに、頭を一発で撃ち抜き即死させている手口を見て、拳銃を扱い慣れている者の仕業《しわざ》に間違いないと確信した。

（くそー、ふざけやがって！）

伊吹は、まだわからない犯人に向かって、激しい怒りを覚えた。

今までは、遠藤が事件に巻き込まれているらしい、くらいにしか考えていなかった。

麻薬密輸の話も真実かどうかはっきりしなかったし、遠藤を信じていたから、監察官の川島警視から話を聞き、岩渕警部や西口巡査部長から遠藤のことを聞かされても、まさかと思う気持ちがあった。

だが、留守中、自分の部屋に何者かが勝手に侵入した。そればかりか、キーラから直接電話を受け、教えられた部屋へ来てみると男が殺されていた。

(もしかしてキーラにはめられたのだろうか——)

伊吹は連絡してきたキーラが現場にいなかったことを疑いながら、さらに考えていた。

キーラは、さっきの電話で、遠藤が私書箱のキーを、目黒郵便局留めで俺に送ったと言っていた。一体、私書箱にはなにが入っているのだろう。そう思った伊吹の脳裡に、いやな考えが駆け抜けた。

遠藤が、いまだに姿を見せないということは、すでに何者かに殺されているのではないか。そんな最悪の事態を想像したのだ。

遠藤はなぜ自分から電話をしてこないで、わざわざキーラに用件を頼んだりしたのだろうか。第三者を介して連絡するより、電話でコンタクトを取ることは簡単にできるはずだ。

そのとき、伊吹の耳に、突然、さやかの悲鳴が聞こえた。

9

さやかの悲鳴を聞いて玄関先に走り出た伊吹は、またその場に立ち竦んだ。

男が二人いた。一人がさやかの体をはがいじめにして、頭に銃を突きつけている。そしてもう一人が伊吹に銃口を向けていた。その銃身の先には、サイレンサーがつけられていた。

「てめえらは――」

男たちの顔を見た伊吹が、唸《うな》るような声を漏らした。

男の一人は川俣《かわまた》といい、伊吹が道玄坂で指名手配の犯人を逮捕したときの加害者だ。そして別の一人は、川俣のかたわれで、木村《きむら》という男だった。

渋谷のチンピラが殺され、今度は傷害事件の加害者――。

伊吹には、なぜ彼らがここにいるのかわからなかった。まったく想像もしていなかった相手が二人、今、目の前で拳銃を突きつけているのだ。こいつらが、さっきの男を殺したのか。

「手を離せ、彼女から手を離すんだ……」

伊吹が腹の底から絞り出すような声を出し、男たちを睨みつけた。

蒼白になった顔が強ばる。

背筋にぞくっと冷気が突き抜ける。と同時に、緊張と怒りと興奮から、ぶるぶるっと震えた体が鳥肌立った。

（くそ……あの銃さえなかったら……）

伊吹は歯ぎしりした。

一発で頭を撃ち抜かれていた男の死体が頭をよぎる。うかつに動けば間違いなくさやかが殺されると思った伊吹は、手出しができなかった。

悔しさが頬の筋肉を引きつらせ、目尻をヒクヒク痙攣《けいれん》させる。ぎりぎりと奥歯を噛みしめているため、こめかみが激しく動いていた。

瞬きもせずに、鋭い眼を突き立てている伊吹に向かって、川俣がニタッと口元を歪めて言う。

「動くなよ、ちょっとでも逆らったら、この女の頭がふっとぶぜ」

「…………」

「俺たちの言うとおりにするんだ。暴れたらてめえの頭もふっとばす」

川俣が、さやかの側頭部に銃口を押しつけながら脅した。

「後ろを向いて壁に手をつけ！　脚を広げろ、さっさとやるんだ！」

木村が血走った眼を突きつけて命令する。

体の筋肉が硬くなるほど緊張していた伊吹は、ゆっくりした動作で体を動かした。

「ぐずぐずするな！」

木村が喚《わめ》く。

「た、救《たす》けて……」

さやかが怯えて声を震わせた。

「おとなしくしてろ！」

川俣が眼を吊り上げて怒鳴る。

「その女性は関係ない。放せ、解放してやるんだ……」

「てめえ、誰に向かって物を言ってるんだ。ふざけた口を叩きやがって」

川俣がドスを込めた声で言った。

「ごたごたぬかすんじゃねえ！」

木村が言うなり、伊吹の後頭部を銃底で力任せに打ちすえた。

「うう……くそ……」

激痛に顔を歪めた伊吹の体が、がくっと落ちる。

気が張っていたせいか、痛みは一瞬しか感じなかった。だが、脳震盪《のうしんとう》を起こしたときのように頭がくらくらした。体力だけは人一倍あった伊吹は、脚をふんばり、唇を噛みしめてじっと耐えていた。

「やめてー！」

さやかがおろおろしながら叫ぶ。

「うるせえんだよ、てめえは」

川俣がぐいと腕に力を入れ、さやかの喉を絞めつけた。

太い腕が喉を塞《ふさ》ぐ。息が詰まったさやかは、その腕をはずそうと、必死になって腕の中でもがき、苦しんでいた。

伊吹は相手の隙をうかがった。だが、自分の顔にぴたりと銃口を突きつけられていては、どうにも動きがとれない。おとなしくしているしかなかった。

伊吹の後ろへ回った木村が、後頭部に銃を突きつけた。着ているスーツの上から体を触る。武器を持っていないかどうか念入りに検査して、再び命令した。

「顔を奥へ向けて、床に這いつくばれ！」

男と真正面で向き合っていれば、一瞬の隙をつくこともできるだろう。だが、後ろ向きにされ、床に這いつくばらされたのではますます動きがとれなくなり、相手の行動がつかめなくなる。

しかも、さやかが人質にとられていては、言われたことに従うしかなかった。

抵抗できない伊吹を上から見下ろした木村が、ニヤッと口元をほころばす。優越感に浸《ひた》った表情を見せて、さらに激しい口調で指示する。

「手を頭の後ろにやれ！　脚を思いきり左右に開け！」

「………」

伊吹は黙って木村の言葉に従った。

カチャカチャ、冷たい金属の触れる音が頭の上から聞こえてくる。

（あの音は……）

伊吹は、それが手錠であることを直感した。いつも手にしているものである。たとえ見えなくても勘でわかった。

警察官でもない二人が、なぜ手錠を持っているのか気になった。

それに、ここですぐ殺さないということは、どこか別の場所へ連れていくつもりだ。ということは、誰かに命令されてやっている。裏で操《あやつ》っているやつがいるに違いない、と思った。伊吹の太い両腕に、がしっと手錠が食い込む。

「立て、立つんだ！」

木村が、掛けた手錠を引っ張る。

どこへでも連れていけ、背後にある組織を俺の眼で確かめてやる。腹を据えた伊吹は、大きな体をゆっくり起こした。

この男たちは、俺を拉致《らち》して遠藤先輩のことを聞き出そうとしている。伊吹は、キーラが電話で言っていた郵便局の私書箱のことを思い出していた。

遠藤が、わざわざ局留めで私書箱のキーを送るという、回りくどい方法をとったのには、それなりの理由があったからに違いない。おそらく、少しでも危険を避けるためにそうしたのだ。

こいつらを操っている者が、殺しまでして、血眼《ちまなこ》になって捜しているのは、やはり麻薬か。警察が追っているとしたら、おそらくマフィアやヤクザも血眼になって追っているはずだ。

川島警視の言っていたとおり、遠藤はキリジンスキーから麻薬を手に入れたから狙われたに違いない。もしかしたら、その鍵を握るのが私書箱のキーではないのだろうか——。

伊吹は、そう考えながら、おとなしく川俣と木村の命令に従った。

四章　逃走の罠《わな》

1

　そこは二十畳敷きほどの広さの、コンクリートが剝《む》き出しになった部屋である。中にはスチールの机とソファーが無造作に置かれている。責めの道具だろう、壁には何カ所にも鎖《くさり》がぶら下がっている。不気味な雰囲気を漂《ただよ》わせていた。

　部屋には二人のロシア人船員がいた。あの、ロシア船を捜索したときのカダノフビッチとコスネンコだった。ふてぶてしい顔をしたカダノフビッチの前で、電話を受けていたコスネンコが、入ってきた伊吹を見て、ニタリと口元に冷たい笑いを浮かべた。

「ボス、連れてきました」

　コスネンコが送話器に向かって言った。

　――いいか、いくら痛めつけてもいいから、どこの局の私書箱を使っているか、キーをどこへ隠しているのか、何がなんでも聞き出すんだ。だがけっして殺すんじゃないぞ。遠藤をおびき寄せるための道具だからな。

「はい……」

――例のものを、どんなことがあっても捜し出せ。遠藤は必ず、伊吹と連絡を取っている。伊吹がどうしても口を割らなければ、徹底して目の前で女を責めろ。

「わかりました……」

――もし、それでも伊吹が自供しなければ、見張りのやつらだけを残して、おまえたちはそこを出ろ。伊吹が何か知っているか、遠藤から連絡を受けているとすれば、残した男たちを叩きのめしても逃げる。殺さずに泳がせるんだ。

「任せてください」

――伊吹が逃げるのを確認したら、川俣と木村を殺せ。伊吹が殺したように見せかけるんだ。それから、女も始末しろ。

「心配ありません、すでに段取りは終わっています。確実にふっとびます、フフフ……」

コスネンコが、口元に薄く冷笑を浮かべて、電話を切った。

腕時計に眼を落としたカダノフビッチが、床に這《は》わせた電気のコードを手に取る。コードの先をショートさせた。

バチ、バチッと激しく火花が散る。

カダノフビッチは、これから伊吹を痛めつけるのが愉《たの》しくて仕方がない、といったふうにニヤッと不敵な笑いを浮かべた。

(ここは一体どこだ。一時間以上も車で走ったような気がするが……)

伊吹はさやかのことが気になっていた。

別々の車に乗せられ、頭からすっぽり服を被《かぶ》せられ、まったく外の様子がわからないまま連れてこられたのだ。

伊吹は耳に神経を集中させた。

歩く靴音からすると、どこか鉄筋のビルのようだと考えていた。周りが見えないだけに、耳で状況を判断していたのだ。

(うん？　女の靴音……もしかするとさやかさんでは……)

伊吹はハイヒールの響きに、足を止めて耳を澄ました。

「誰が止まれと言った、さっさと歩け」

川俣が銃口の先で強く押す。

再び歩きはじめながら、伊吹は考えた。

俺とさやかさんを誘拐したということは、まだ先輩の行方がわかっていない証拠だ。

これまでの、あの残虐な手口からすると、俺たちを殺さないのには理由があるはずだ。

おそらく俺を餌《えさ》にして、遠藤先輩をおびきだそうとしているのだ。

俺はどうなってもかまわないが、なんとかしてさやかさんだけでも救《たす》けなければ。いずれにしても、今は相手の出方を見るしかない。

しかし、こいつらがこれだけ焦《あせ》っているところを見ると、遠藤先輩は、よほど大量の麻薬を隠しているか、犯人たちの重大な弱みを握っているに違いない。伊吹は麻薬以外にも組織を暴く何かがあるのかもしれないと思った。

そうでなければ、俺を、これほど執拗《しつよう》に追いかけまわす必要はない。やはり、マフィアかヤクザの組織にとって、人殺しをするより、もっと重要な何かを遠藤先輩に握られているから、目の色を変えているんだ。金か、麻薬か、それとも他の何かか――。

2

どんと背中を突かれバランスを崩した伊吹は、前のめりになって倒れこむ。

手錠を掛けられているのと、眼を塞《ふさ》がれているため、体が自由にならなかった。肩から床へ突っ込み、息を詰まらせた。横腹に鋭い痛みが走った。

くの字に折れ曲がった体に、コスネンコの靴先が深く食い込んでいたのだ。

「被せているものをとれ」

伊吹の耳に、命令する片言の日本語が入ってくる。

川俣が頭の上から掛けていた服をとった。

突然強い光に射られた眼は、眩《まぶ》しくて開けられなかった。眼を細くして徐々に慣らした。

光に慣れてくるにしたがって、目の前にいるコスネンコとカダノフビッチの顔がはっきり見えてきた。あの男は——。視力がはっきりするにつれ、伊吹は愕然《がくぜん》とした。ランジェリークラブ『シー・スルー』の支配人コスネンコがいたからである。しかし、状況を冷静に考えている時間はなかった。

「女を壁にくくりつけろ」

「いやー！」

伊吹の耳に、絶叫するさやかの声が聞こえた。

思わず声のする方を振り向いた伊吹の眼に、さやかを押さえつけ、むりやり着ている服を剝《は》ぎ取っている木村《むら》の姿が飛び込んできた。

さやかの白い肌が剝き出しになる。肩口からブラジャーに包まれた胸の膨らみ、そして円《まる》みのある太腿があらわになる。わずかばかりの布で股間を覆《おお》っている白く小さなパンティが、男たちの前にさらされた。

左脇に吊っているホルスターに銃を収めた木村が、ポケットからナイフを取り出し、さやかの目の前でちらつかせた。

ナイフの鋭い刃がきらりと光る。その鋭い刃を首筋に当てて、

「暴れたらこの美しい顔を切り刻む、おとなしくしろ」

と脅しながら、二人がかりでさやかの両手両足首を、革紐で壁の鎖に縛りつけた。開いた手は斜め上に、そして脚は斜め下に大きく左右に広げるような形で固定した。

川俣が裸同然になっているさやかの体に、上から下へ、下から上へと何度も何度もねばい視線をまとわりつかせる。

舌なめずりしながら好色な薄笑いを見せた木村が、ナイフを胸の谷間に差し込む。刃を外に向けてブラジャーに当て、しごくようにして切った。

胸の膨らみを包んでいたブラジャーの中から、乳房が剝き出しになる。だが、さやかはそれを隠すことさえできなかった。

木村が、いきなり形のいい乳房を左手でわしづかみにした。ナイフの背を、胸の谷間から体の中心に向けてゆっくりとずらす。切っ先を臍《へそ》の下から股間の秘部に向けて、パンティの中に入れた。体を硬くして震えているさやかは、まったく身動きできなかった。

木村がわざと伊吹に見せつけるように、薄いパンティを切る。左右に弾《はじ》けたパンティの中から黒い恥毛があらわになる。

ナイフの背を股間の裂け目に軽く押し当てた木村が、さやかの怯《おび》えている顔を見て口元

をニヤつかせた。

手を乳房から放し、ふさふさした恥毛を引っ張るようにしてつかみ、その恥毛を根元からばっさり切ると、伊吹の前でぱらぱらっと床に落とした。

「やめろー！　彼女は関係ない、責めるなら俺を責めろ！」

床の上へ転がされている伊吹が叫ぶ。が、その声は完全に無視された。

「うぐ……」

伊吹がまた顔をしかめる。傍《そば》に立っていたコスネンコが革靴で力任せに腹を蹴りつけ、つづいてカダノフビッチが、顔面を下からしたたかに蹴り上げた。

蹴られた腹部を抱えるようにして体を折り、顔をのけ反《ぞ》らせた伊吹の鼻から、血が噴き出す。大量の鮮血が床に落ちた。

カダノフビッチが、裸線が剝き出しになっている二本のコードの先端を、伊吹の顔の前でわざと接触させ、ショートさせた。

バチ、バチバチ、激しい音がして火花が散る。

そのコードを伊吹の顔に近づけた。

「素直に吐けばあの女を救けてやる。だが、逆らえば殺す」

コスネンコが伊吹のネクタイをわしづかみにして首を絞めあげる。

「俺は何も知らない、俺に何を喋《しゃべ》れというんだ……」

「遠藤から何を預かった。どこに隠している、言え！」

「知らん、俺は何も預かっていない」

「どこまでもシラを切るつもりか。このテープに見覚えがあるだろ。おまえの家の留守番電話に取り付けていたテープだ。ここにキーラからの連絡が入っている。遠藤から預かった物を渡したいとな」

コスネンコが、ポケットからテープを出してちらつかせた。

「てめえらが俺の部屋に……テープを持ち去られて、どうして俺が聞けるんだ」

「あくまでも喋りたくないというのなら仕方がない。体に聞いてやる」

カダノフビッチが顔を引きつらせた。

血走った眼を突きつけると、剝き出しになっているコードの先を、伊吹の首筋に両側から同時に強く押しつけた。

バチッ、激しい音をたてて体の中を電流が通り抜ける。

伊吹の体が弾け、ビクビクッと痙攣《けいれん》する。頭髪が直立するほどのショックに、体が硬直してのけ反った。

「キーラはどこにいる、遠藤の居場所を言え！」

コスネンコが喚《わめ》きたてた。

「…………」

「黙ったところをみると二人の居場所を知っているな。喋ってもらうぜ」

カダノフビッチが引きつった顔に、冷笑を見せた。

（キーラさんは無事なんだ。それに先輩も。よかった……）

伊吹は責められながらも、コスネンコの言葉から、キーラは連れ去られたのではないことがわかった。

「おまえが遠藤の仲間だということはわかっているんだ！　どこの私書箱を使っている。キーはどこだ、言え！」

カダノフビッチが怒鳴りながら、再びコードの端を首筋に押しつけ、電流を流した。

伊吹の体に激しいショックが突き抜ける。

鍛えぬいた筋肉が収縮する。手足を曲げ、苦悶に顔を歪《ゆが》めた伊吹の大きな体が、再び痙攣した。

「キリジンスキーはどこにいるんだ！」

コスネンコが喚きたてた。

伊吹は気丈だった。密輸した麻薬をキリジンスキーに横取りされたことが判明した。だから、ロシア船を検索したとき出てこなかったのだ。これで話のつじつまが合う。遠藤先輩とキリジンスキーは一体どんな関係なんだ、と考えながら、激しい痛みに耐えていた。

「言え！　遠藤から何を聞いている。ブツはどこにあるんだ！」

コスネンコが、狂ったように伊吹の腹を二度三度と蹴った。

（喋ったら最後、俺たちは殺される。耐えるんだ、そのうちきっと逃げるきっかけがつかめる――）

伊吹は、憎悪と怒りを胸の中でたぎらせながら、口を噤《つぐ》み、歯を食い縛って我慢していた。

「図太い野郎だ、言え！」

コスネンコが真っ青になって、伊吹の額《ひたい》を靴底で踏みつけた。

黙って耐えている伊吹の態度が、ますます気に入らなかったのだろう、コスネンコが、スーツの脇から拳銃を取り出し、さやかの傍に近づいた。

カダノフビッチが、伊吹の頭髪をつかんで、むりやり顔をさやかの方へ向けさせた。

「喋らなければ、やつが女を殺す。いいんだな」

コスネンコが、銃口をさやかの股間の秘部に押しつけた。

「ひーっ！」

さやかが、喉を絞められたような悲鳴をあげる。

「喋らなければ、この女のここから銃弾が頭を突き抜けるぜ。それでもいいのか！」

「やめろ！　彼女に手を出すな――！」

3

伊吹の上半身は、赤く腫《は》れ上がっていた。

シャツをズタズタに切り裂かれ、裸にされて俯《うつぶ》せになっていた伊吹は、立ち上がろうとあがいた。

手錠を掛けられているし、さやかの股間に銃口を突きつけられている。あろうことか、銃身を秘淫の中に深く押し込まれているのだ。

伊吹は、悔《くや》しかった。何もできない自分が情けなかった。なぶり者にされているさやかを救けることもできない。男たちから慰み者にされているさやかの姿を見るのは、耐えがたい光景だった。

（くそ……無抵抗な女を……さやかさん、我慢するんだ。辛抱してくれ……）

伊吹は憤《いきどお》る胸の中で、そう語りかけるしかなかった。

と急にコスネンコが、さやかの股間から銃身を抜き取った。そして、カダノフビッチのほうに顔を向けてうなずき合い、傍にいる木村と川俣に指示した。

「俺たちは取引の打ち合わせがあるので、これからボスのところへ行かなければならない。あとはおまえたちに任せる。吐かせてみろ。ただし、半殺しの目に遭《あ》わせてもいいが、絶対に殺すんじゃないぞ」

「わかった、ボスに必ず吐かせると伝えてくれ」

木村が言って伊吹を睨《にら》みつける。

川俣は、さやかの裸にねばい目線を這わせながら、ニンマリとほくそ笑んだ。

コスネンコが、木村が手に持っていたナイフをもぎ取った。そして、伊吹の傍に近寄り発達した胸の筋肉に、いきなりナイフの刃を押し当てた。

ゆっくりナイフを引く。鋭い刃が皮膚を切り、肉を裂く。

「うっ……」

伊吹が顔を歪めた。

体に力が入る。その分、傷口から大量の血が滲《にじ》み出る。鮮血が肌の表面を伝い、筋を引いて床へ流れ落ちた。

コスネンコは、苦しんでいる伊吹を黙って見下ろし、さらに、二カ所三カ所と同じように切り傷をつけた。

ナイフを握りなおし、コスネンコが言う。

「これくらい痛めつければ、もう逆らえないだろう。おい、手錠を外して手を前に掛け替えろ」

ぐったりと身動きしない伊吹の背中を、思いきり足蹴りにした川俣が、ポケットからキーを取り出し、手首に食い込んでいる手錠を外した。

俯《うつむ》いて床に投げ出した手に、再び手錠が掛けられた。なすがままにされていた伊吹は、わざとぐったりしたふりをしていた。

コスネンコの目尻が、ヒクヒクッと動いた。その瞬間、ナイフが振り下ろされた。

「うぐ……」

伊吹が呻《うめ》いてのたうち回った。

激痛が左の手のひらに走る。鋭いナイフの先が手を突き通していたのだ。

ナイフを抜き取ったコスネンコが立ち上がる。カダノフビッチと顔を見合わせ、ニヤッと不敵な笑いを浮かべた。

二人は何事もなかったように背を向けると、ナイフを木村に返し、肩を並べて出入口に向かった。

頭の芯《しん》まで突き抜ける激痛に苦悶《くもん》しながら、じっと耐えていた伊吹は、手錠をはめたまま無意識のうちに傷ついた左手を右手で支え、噴き出す血を止めようとしていた。

伊吹は憎しみのこもった薄目を開けて、出ていく二人の後ろ姿を追う。

伊吹は自分でも不思議だった。憎悪と怒りの気持ちがそうさせるのか。たしかに傷の痛みはあるのだが、責められれば責められるほど妙に腹が据わってきて、恐怖がなくなってきたのだ。

川俣が伊吹の傍に近寄る。体を縮めてじっとしている伊吹に向かって、

「ふざけやがって、なぶり殺しにしてやる」

また力いっぱい脇腹を蹴飛ばした。

「うう……」

伊吹は呻きながら、怒りを胸の中にしまいこんだ。

やつらはナイフと銃を持っている。あの凶器をなんとか奪わなければ——と思いながら神経を耳に集中させ、男たちの動きをうかがっていた伊吹の頭上から、横柄な木村の声が聞こえてくる。

「さて、今度は俺たちがこの女をいたぶってやるとするか。おい、ポリ公、てめえの前でこの女をなぶり者にするところを、たっぷり見せてやる」

木村の声を聞きながら、苦しむふりをして、床に這っているコードの傍に、伊吹は体を近づけた。そして、薄目を開けて状況を探っていた。

二人とも銃は収めている。ナイフを持っているのは木村一人。あのナイフをどうにかして奪えば……。今を逃したらチャンスはなくなる。一か八か、やるしかない。

伊吹の位置からさやかがいるところまでは、ものの五メートルもない。傍にいる男をなんとかすれば、さやかの傍についているやつもどうにかなる。幸い手はまだ動かせる。伊吹は、息を殺してチャンスをうかがった。

川俣がさやかの裸体を眺め、ニタニタしながら乳房を触っている。その様子を腫れた瞼《まぶた》の間から見ていた伊吹を、また木村が激しく蹴りつけた。

4

伊吹はその瞬間を逃さなかった。鋭敏に体をひねると、踏みつけた足を下から力いっぱい払った。

「うわーっ」

大声をあげた木村の体が、どさっと音をたてて仰向《あおむ》けに倒れた。

持っていたナイフが手から離れ、床に転がる。

「野郎ー！」

川俣が喚く。

咄嗟《とっさ》に、伊吹は床の上に這っているコードをつかみ、跳ね起きた。伊吹の脚が空を舞う。

脚が川俣の鳩尾《みぞおち》にのめり込む。一方、木村は身を前に屈《かが》め、ひるんだ。その一瞬の隙をついて背後へ回った伊吹は、コードを木村の首に巻きつけた。

腕力、握力には自信がある。手錠をはめられたまま後ろへ引き倒すようにして、一気に力を入れて首を絞めつけた。

木村の顔が真っ赤になる。こめかみの上と眉間《みけん》に青筋が浮き上がる。

「やめろ！　女をぶっ殺すぞ！」

川俣が怒鳴りながら、右手を懐《ふところ》に差し込んだ。

伊吹はその声を耳で受け止めながら、腕に思いきり力を入れた。苦しみもがいていた木村の首が、がくっと折れる。重心が沈み、手をだらりと下げて床の上に崩れ込んだ。

川俣を睨みつけた伊吹が、コードを引っ張った。

ぴんとコードが張りつめる。

コンセントが抜け、手元の方へ弾けとぶ。同時に伊吹の手が動いた。

ひゅっ、短く唸《うな》りをあげたコードが、川俣に向け波状になって飛んでゆく。

コードの先端についていたコンセントが、川俣の眼をしたたかに打ちすえた。

「グエッ」

声をあげてひるむ川俣めがけて、伊吹が夢中で体ごとぶち当たった。

九〇キロの巨体が思いきりぶつかる。川俣の体が弾けとび、伊吹の体と折り重なって、はりつけにされているさやかの足元に倒れこんだ。

川俣が抜きかけていた拳銃を奪った伊吹が、銃底で川俣の顔面を殴打する。川俣の顔が歪み、切れた頰から血が噴き出した。

「なめくさって、チンピラが……」

伊吹が胸の中に溜《た》まっていた憎しみを含んだ怒りを、喉から絞り出すような低く濁《にご》った声で叩きつけると、川俣の眉間に銃口を強く押しつけた。

「何もできない女をなぶり者にしやがって、許さん――」

腫れあがった顔を真っ蒼にした伊吹が、膝頭で川俣の首筋の頸動脈《けいどうみゃく》の部分を強く押しつけ、真上からぐいと体重をかけた。

川俣は、まったく動けなかった。首の骨が軋《きし》む。今にも折れそうな激痛に顔を歪め、苦悶した。

「動くなよ、動いたら撃ち殺すぞ」

伊吹は、川俣の手を捻《ね》じあげ、服の上から凶器を持っていないか素早く調べた。

（こいつもナイフを持ってやがる……）

腰のベルトに吊ったサックに、長さ二十センチほどのナイフを見つけた。

そのナイフを奪い取った伊吹は、銃口を頭に向けたままゆっくり立ち上がった。そして、長々とのびている木村の傍に警戒しながら歩み寄り、懐を探る。持っていた拳銃を奪い、自分のズボンのベルトに挟み込んだ。

手錠のキーを探しだした伊吹は、再びさやかのもとへ戻って、手首を縛りつけていた革紐を切り、

「さやかさん、足の紐を自分で切るんだ」

と言ってナイフを渡した。

伊吹の目にさやかの裸体が映っている。

乳房も股間の恥毛もはっきり見えているのだが、さやかが丸裸であることさえも、まったく意識していなかった。

「はい……」

小さく返事をしてうなずいたさやかが、腰を前屈みにして足首に縛りつけている革紐を切る間に、伊吹も手錠を外した。

伊吹は床にほうり投げられていた自分のスーツの上着をわしづかみにすると、それをさやかの体にすっぽり掛けた。

「早く服を着るんだ」

「はい……」

さやかのパンティもブラジャーも、ブラウスもずたずたに切り刻まれていて、まったく用を成さない。ただ幸いなことに、脱ぎ捨ててあるスカートだけは無傷のまま原形をとどめている。そのスカートを手に取ったさやかは、急いで素肌の上から身につけた。

床に伏せている川俣の傍に近づいた伊吹は、頭に銃口を突きつけながら襟首をつかみ、絞めあげた。

「てめえらに指示を出しているやつの名を言え！」

「し、知らん」

「ボスは誰だ！　誰が命令しているんだ！」

「………」

「殺されてえのか、ようし、命が惜《お》しくねえなら望みどおり殺してやる」

伊吹は、川俣の眉間に三十八口径の回転式拳銃を押しつけて撃鉄を起こした。

カチャッと小さな音をたてて弾倉が回転する。川俣は目を中央に寄せて、顔を引きつらせた。

「言え！」

伊吹が、わずかに銃口を外して引き金を引いた。銃弾が川俣の耳元を掠《かす》める。

「た、救けてくれ！」

川俣がさらに顔を引きつらせた。

「ボスは誰だ、名前を言え！」

「ほんとに、本当に知らないんだ。俺たちはさっきのロシア人に金で雇われただけだ、信じてくれ……」

「信じろだと？　でたらめをぬかしやがって！」

伊吹は川俣の体を壁に押しつけ、大きな手で喉首をわしづかみにして再び絞めあげた。

川俣が顔を歪めて必死に抵抗する。だが、その抵抗は長くつづかなかった。顔を真っ赤にしてしばらく苦しんでいたが、すぐにぐったりと気を失った。

「チッ、肝心なところで」

舌打ちした伊吹が、首に掛けていた手を外した。

川俣の体がどさっと床に倒れこむ。ぴくりとも動かない川俣を上から見据えた伊吹は、いつまでもここでぐずぐずしてはいられないと思い、

「さやかさん、これを」

と、ベルトに突っ込んでいた拳銃を抜き取り、手渡した。護身用のつもりだった。

「さ、早く」

「はい」

震《ふる》えながら銃を受け取ったさやかが、緊張してうなずく。

伊吹は、周囲に厳しい眼を向けながら、さやかの腕を抱えるようにして部屋を出た。

踊り場に出て、さらにまた階段を駆けあがった。一階のフロアに出た伊吹が、周囲を見回し思わず眼を疑った。

「ここは……」

そこはさやかの住んでいるマンションだった。だが、伊吹にそれ以上考える余裕はなかった。

「さやかさん早く――」

伊吹は、さやかの手を取って急《せ》かせた。とりあえず、自分のアパートに戻ろうと考えたのである。

「待って、駐車場にもう一台、別の車があるの。部屋からキーを取ってくる」

さやかが声を引きつらせて、叫ぶように言う。

「よし、行こう」

うなずいた伊吹が、さやかと一緒にエレベーターへ走った。

5

エレベーターで階上へあがった伊吹は、さやかが部屋に入っている間、ドアの前で見張った。

誰も騒ぎに気づいていないのか、不思議なほどマンションの中は静まりかえっていた。

しばらくしてキーを手にしたさやかが服を着替えて飛び出してきた。

さやかからスーツの上着を受け取り手をとった伊吹は、急いで階下に下りた。二人は入り口へ向かって走った。

「やろう！」

男の喚き声がするのと、伊吹の後ろからついてきていたさやかが悲鳴をあげたのと、同時だった。

さやかの手を握ったまま後ろを振り向いた伊吹の眼に、ナイフを振りかざして襲いかかる木村の顔が見えた。

「危ない！」

伊吹は声をあげてさやかの腕を引いた。

さやかの体がつんのめる。足がもつれ、頭から前へ突っ込むようにして倒れこむ。はずみに、手に持っていた車のキーが床に転がった。

伊吹が怒りの形相《ぎょうそう》を見せて、木村に挑みかかる。一瞬、傷ついた左手に鋭利な痛みが走った。

木村の振り下ろしたナイフが服を切り裂き、上腕の筋肉を深く抉《えぐ》った。しかし、伊吹は上気《じょうき》していたため、痛みはほんの瞬間感じただけで、そのあとは、まったく感じなかった。

ざっくりと切れた傷口から血が噴き出す。その真っ赤な血が腕を伝い、指先からしたたり落ちていた。

木村がひるんだ伊吹を見て、さらに襲いかかってきた。

パーン――。

炸裂《さくれつ》する銃声が壁にぶち当たって跳ね返る。震える手に握りしめていた銃の反動で、さやかの体勢が崩れる。

「なめやがって——!」

口を歪めて低く呟いた木村が、蛇のような鋭い眼で睨みつけた。弾丸が顔をすれすれに掠めたのだ。

木村は、再び銃口を向けようとしたさやかに飛びかかった。

倒れたさやかの手から銃が離れる。床に転がり、伊吹の足に当たって止まった。

木村が抵抗するさやかを人質に取り、喉首にナイフを突きつけてむりやり立たせる。床に落ちていた車のキーにちらっと目線をやると、足元の銃に手を伸ばしかけた伊吹に向かって、大声で喚いた。

「動くな!　ちょっとでも動いてみろ、女をぶち殺すぞ!」

「………」

体の動きを止めて、木村を睨みつけた伊吹のこめかみが激しく動く。だが、さやかを人質に取られていては、へたに逆らえなかった。

「どけー!」

大声をあげた木村が、はがいじめにしたさやかを盾《たて》にしてキーを拾い、玄関を出た。

伊吹が銃を拾い、二人のあとを追う。

「どれだ、どの車だ！」

マンションの外へ出た木村が、さやかの耳元で喚く。駐車場に停めていた白塗りの乗用車を指差したさやかの体を、引きずるようにして、車のドアに近づいた。

木村は、追ってきた伊吹を警戒しながら、キーを握っている手を体の後ろに回して、ドアの鍵穴を探るようにして差し込んだ。

ドアを開けた木村は、ナイフを持った手でさやかの首を絞めたまま、運転席に座ってエンジンをかけた。

さやかの体が、外向きになってドアを塞ぐ形になっている。首に鋭利な刃が当たったのだろう、皮膚の切れた首筋から血が流れていた。

アクセルを踏み、何度も空吹かしをした木村が、クラッチを踏みつけチェンジをローに入れた。

木村は、ドンと力任せにさやかの背中を突いた。アッ、と声をあげたさやかが前につんのめり、よろけた。

咄嗟にその体を腕に受け止めた伊吹の前で、木村がドアも閉めずに車を急発進させた。激しいタイヤの軋《きし》み音が響く。舗装したアスファルトにタイヤを食い込ませた乗用車が、白煙をあげて猛然と突っ走った。

二十メートル、三十メートル。乗用車は伊吹たち二人の前からみるみる離れてゆく。伊吹が、あっと声をあげた。

瞬間、物凄い轟音《ごうおん》とともに木村の運転する乗用車が真っ赤な炎を噴きあげたのである。

伊吹は腕の痛みも忘れていた。強くさやかを抱き締めてその場に身を伏せた。

乗用車が、めらめらと燃える炎と黒煙に包まれる。再び物凄い爆発音がしたかと思うと、乗用車が粉々になって砕け散った。

伊吹もさやかもただ唖然《あぜん》としていた。

（もし俺とさやかさんがあの車に乗っていたら……）

そう思った瞬間、伊吹の背筋が冷たくなった。

先に出て行ったロシア人が仕掛けていたに違いない。伊吹は、目の前にたちこめる黒煙と炎を、茫然《ぼうぜん》と見つめながら怒りに体を震わせていた。

事件の首謀者は、初めから俺たちをここへ連れてくる計画をたてていたのだろうか。しかし、なぜ彼女のマンションなどに――。

まさか彼女もぐるなのでは……堂園部長に彼女を紹介されたあと、急におかしなことばかりが起きはじめた。

彼女がやつらの仲間だとしたら、俺の行動はすべて筒抜けになる。

堂園部長を利用して、遠藤先輩のことを聞きだすために俺に近づき、デートに連れ出した。そしてベッドにまで誘い安心させようとした。

それに、やつらが私書箱のことをなぜ知っていたんだ。俺がキーラから私書箱のことを電話で聞き、喋ったのはさやかにだけだ。俺たちが捕まったとき別々の車に乗せられた。あれが報告するためだとしたら説明はつくが——。

伊吹はさやかを疑ったが、その一方で否定していた。

さやかは目黒郵便局の私書箱ということを知っている。彼女が共犯なら、そのことを当然報告していただろう。

また、もし彼女が俺を陥《おとしい》れるつもりなら、裸にされ、股間に銃まで押しこめられ、なぶり者にされることを承知していたことになる。そんなバカなことがあるはずはない。男たちの前で丸裸にされるということが、女にとってどれほど屈辱的なことか——。彼女がやつらの仲間なら、なぜあんな侮辱的な行為を受ける必要がある。それにあの車の爆発。まかり間違えば彼女自身も命を落としていた。

彼女は自分から車を使おうと言った。もし、爆薬を仕掛けられていることを知っていれば、俺と一緒に乗り込もうとはしないはずだ。おそらく自分だけでも逃げようとしただろう。そんな自殺行為を覚悟していたとは思えない。

それにたったいま俺が襲われたとき、彼女はやつに向けて銃を撃った。やつには当たらなかったが、咄嗟の判断で俺の身を護《まも》ろうとしてくれた。あんな切羽詰まった状況では、とても考える余裕などない。そのことから考えても彼女が共犯だということは、絶対にありえない。

伊吹はそう考え直して、少しでもさやかを疑ったことを恥じた。

今ここでぐずぐずしてはいられない。爆発を知った者がすでに一一〇番に通報しているだろうから、やがて警察官が駆けつけてくる。目撃したことをすべて話せば事情はわかってもらえるかもしれない。

だが、さやかが俺の預けた銃を発砲した。理由はどうであれ拳銃を持っていることは確かだし、ましてやその銃を持っていた相手は爆発で命を落としている。

拳銃の不法所持で厳しく咎《とが》められることはもちろん、それ相応の処分を受けるのは間違いない。拳銃を不法に所持しただけでも一年以上十年以下の懲役に処せられる。俺のために彼女を前科者にすることはできない。

それに、俺も人を傷つけた。このまま逮捕されたら、身動きが取れなくなる。

どこかに身を隠し堂園部長に連絡を取って、これから先のことを相談したほうが賢明かもしれない。部長ならきっと事情をわかってくれる……。

6

「伊吹さん、このままでは逃げられないわ。着替えなければ——」

さやかが促《うなが》した。

幸いそこはさやかが住んでいるマンションである。さやかから銃を預かった伊吹は、血だらけのまま外には出られないと考えて、言われるままに、いったん部屋へ引き返した。

伊吹は、さやかが出してくれたクスリ箱から、軟膏《なんこう》を探して腕と手の甲の傷口に擦《こす》りつけ、自分で包帯をきつく縛りつけた。

「これ、着られるかしら」

さやかが、洋服ダンスの中から男物の革のジャンパーを出してきて見せた。

（なぜ彼女の部屋に男物の革ジャンが――）

と、伊吹は一瞬思ったが、一刻も早くマンションを出なければという気の焦りもあって、深くは考えなかった。

とりあえず安全な場所へ隠れ、様子を見ながら、遠藤が送ったという私書箱のキーを、郵便局へ取りにいかなければならない。伊吹は受け取ったジャンパーを素肌の上から直接着て、袖を通した。

多少窮屈な感じはしたが、ファスナーを閉めなければなんとか着られる。他に着るもののなかった伊吹は我慢するしかなかった。

ズボンを触った伊吹の手に、自身の部屋で採《と》った指紋の台紙が触れた。

そうだ、指紋の照合をしてもらわなければ――。

「さやかさん、メモ用紙と封筒はありませんか」

「えっ、待って……」

さやかが驚いた表情を見せた。が、何に使うのかは聞かなかった。すぐに机の引き出しを開けて便箋《びんせん》と封筒、そしてボールペンと切手を揃えて持ってきた。

伊吹は、ズボンの中から、写し採った指紋を取り出してソファーに腰を下ろした。

メモに「至急　内密に指紋の照合を頼む。あとで連絡する、伊吹」と走り書きした。そして、二つ折りにしたメモと指紋を封筒に入れ、同期で鑑識課に勤務している田口庸介《たぐちようすけ》の自宅の住所と名前を書いて、切手を貼りつけた。

（あのロシア人は、留守番電話のテープを持っていたが、やつら自身が俺の部屋に入ったとは限らない。もしかすると共犯者のものかもしれない）

伊吹は、ダメでもともとと思いながらも、どうしても指紋を確認しておきたかったのだ。

「さやかさん、早くここを出よう」

封筒をジャンパーのポケットに突っ込み、伊吹はどこへ行こうかと考えた。

自宅のアパートは必ず誰かが見張っている。それよりどこか近くのラブホテルへ入ったほうが他人の目にもつきにくいし、警察の目も届きにくいだろう。かえって安全かもしれない——。

伊吹は、痛む腕を押さえて、さやかに事情を話した。さやかは、黙って伊吹の考えに従った。

さやかを連れてマンションを出た伊吹は、途中封書をポストに投げ込み、上野毛《かみのげ》駅から大井町《おおいまち》線に乗り、自由《じゆう》が丘《おか》で電車を乗り継ぎ、東横《とうよこ》線中目黒《なかめぐろ》駅まで出ると、駅近くのラブホテルを探して入った。

部屋の中に入った二人は、安堵《あんど》の色を浮かべた。

さやかは、さっきの車の爆発がよほどショックだったのだろう、まだ真っ蒼な顔をしてかなり落ち込んでいた。それでも、自身のことより先に伊吹を心配した。

「伊吹さん、大丈夫、傷は痛まない？」

出血がひどかったせいか、伊吹の顔は蒼ざめ唇からも赤みが消えていた。ずっと止血のため腕を縛りつけていたからだろう、ポケットに突っ込んでいた左手の指先は、痺れて感覚が薄くなっていた。

さやかがジャンパーを脱がせ、血が滲《にじ》み出た包帯を解《ほど》いた。

伊吹の分厚い胸に付着した血はすでに凝固して黒ずんでいた。発達した筋肉を鋭利な刃物で切られたからか、パックリと傷口が開いている。皮膚の下に白い肉が見えるほど深い傷だった。

逃げるときは気が張っていたからだろう。ほとんど痛みは感じられなかったのだが、包帯を外したとたん、血が通いはじめ激しい痛みに襲われた。

さやかが新しいタオルを湿してきて、そっと傷口を拭《ぬぐ》いながら聞いた。

「痛む？」

「いや……」

神経を逆撫でする痛みが頭の芯を突き抜ける。だが、伊吹は、さやかの前だということもあって、あえて平静を装っていた。

そういえば、俺とさやかさんが閉じこめられていたマンションを出たときも、車が爆発したときも、あのロシア人の姿はなかった。どこへ行ったのだろうか――。

伊吹は、ロシア人の二人が気になって仕方がなかった。

「本当に大丈夫？」

「こんな傷、大したことはありません。すぐに傷口は塞がります」

伊吹はまた強がった。さやかを心配させまいとする気持ちが、自然にそうさせていたのだった。

さやかはいつの間に入れていたのか、バッグから軟膏を取り出し、細い指先にたっぷりつけて、傷口に塗った。まるで自分が怪我をしているように眉根を寄せ、痛そうな表情をしていた。

傷口に薬を塗り込んださやかは、ガーゼに薬を塗って、傷口に貼りつけた。そしてその上から新しい包帯を巻きつけた。

「伊吹さん、これからどうするの？」

「しばらく様子を見るしかありません」

「ごめんなさい、私が拳銃を撃ったからあなたに迷惑を……」

「そんなことはありません、もとはといえば俺が事件に巻き込んだんです。さやかさんが責任を感じることはありません」

「違う、違うのよ……」

「何も気にすることはないですよ。こっちとしては避けようがないのですから」

「でも、銃を撃った私を庇《かば》えば、あなたが罪になる。だってあなたは現職の警察官なんだもの……」

「さやかさん、俺は現職の警察官だからとか、義務からあなたを護るんじゃありません。ひとりの男として、あなたを護りたい。男として女のあなたを護るのは当然です。心配しないでください。たとえどんなことがあっても命がけで護ってみせます」

伊吹が強くはっきり言い切った。

俺は警察を辞めてもかまわない。たとえ命を落とすようなことがあったとしてもそれはそれで仕方がない。しかし、麻薬のために平気で人殺しをする連中だけは絶対に許せない。やつらを潰すまでは、どんなことがあっても殺されてたまるものか――。

伊吹の胸の中には、激しい憎悪が渦巻《うずま》いていた。

さやかは伊吹の話を聞きながら、大きな目を潤《うる》ませた。

「ありがとう……でも伊吹さん、私はあなたが思っているような女じゃない。あなたに愛される資格のない女なの……」

「さやかさん、あなたが何を言いたいのかわかりませんが、人はそれぞれ違った環境で生きてきているんです。過去は過去、過去にどんなことがあろうと関係ない。俺の知っているのは、今現在ここにいるさやかさんなんです。たとえあなたがどんな女でも、今の俺にとっては大切な人だ」

「………」

「俺たち二人は、もう少しで殺されるところだった。そんな中で今こうして一緒にいる。極端に言えば俺たちは知り合ったばかりですが、生き死にを共にしている。さやかさん、俺はこのことを大切にしたいんです。それに、あなたを紹介してくれた堂園部長に相談すれば、きっと力を貸してくれます」

「ダメ、それはダメ！」

「なぜ」

伊吹は、急に顔色を変えて言うさやかの言葉に怪訝《けげん》な顔を向けた。

「それは……」

さやかが言葉につまった。

「なぜですか、さやかさん」

伊吹がさらに聞く。

「だって、今は相手の状態が何もわかっていないし、もう少し状況をつかんで事態を把握したうえでも、遅くないと思うの」

「たしかにそのとおりかもしれません。しかし、相手は組織なんです。俺たち個人の力ではどうにもならない。犯罪組織には警察の組織をもって対抗するのがいちばん効果的です。心配ありません、堂園部長はきっと力を貸してくれます」

伊吹が安心させるように話した。

さやかはそれ以上何も言わなかった。

眉根を寄せたさやかが、暗い表情を見せ俯いている。なにか真剣に考えているのだろう、美しい顔をくもらせ、深い溜《た》め息《いき》をついた。

そんなさやかをじっと見つめていた伊吹は、さやかを救けるためにもなるべく早く相談したほうがいい、今日は部長は日勤で仕事に出ているはず、と思い電話を取った。

7

伊吹が警察署に電話を掛けると、思ったとおり堂園はすぐに出た。

「部長、伊吹です」

――伊吹くんか、どうしたんだ。本部の岩渕警部からうちの署長に連絡があった。一体何があった。心配していたんだ、いまどこにいる。

「はい……」

――じつはだな、車が爆発した現場で、きみとさやかさんの顔を見られている。犯人はきみたちだという通報があった。それから彼女のマンションの地下で、男が一人、射殺されていたんだ。

堂園が電話の向こうで、周りを気にしているのか声をひそめて話した。

「射殺？」

伊吹は思わず聞き返した。一瞬頭の中が混乱した。

俺は銃を使っていない。俺はやつを落としただけだ。なぜなんだ――。

地下で射殺されていたということは、俺たちが部屋を出たあと誰かが殺したということになる。マンションのどこかに隠れていたロシア人の野郎が戻って来て、男を殺し、俺たちに罪をなすりつけようとしたんだ。チクショウ……。

伊吹が険しい表情を見せて、受話器を強く握り締めた。

「部長、俺が殺人犯にされているんですか」

――いや、まだ断定されたわけではない。私はきみを信じているが、ことがことだ。マスコミに気づかれたら大変なことになる。だから事実がはっきりするまで外部に漏れないようにと、署長以下捜査一課の者を中心に、きみを捜していたんだ。

「信じてください、部長。俺は絶対に人を殺してはいません」

――わかっている。きみの拳銃は署に保管しているし、現職のきみが別の拳銃を隠し持っているはずがない。しかし、容疑をかけられていることも事実だ。伊吹、逃げまわっていても解決はできない。私もできるだけの力になる。出てきてすべて事実を話すんだ。

「…………」

――きみも言いたいことがあるだろうし、電話では話しづらいだろう。何なら私がひとりで会いに行ってもいい。安心しろ、本当のことを聞いたうえで、これからどう対処するか二人で考えよう。いまどこにいる、居場所を教えてくれ。

堂園が声を落として説得した。

「……部長、本当に一人で来てくれますか」

――心配するな。で、さやかさんも一緒なのか。

「はい……」

伊吹は躊躇《ちゅうちょ》した。だが、今は堂園に頼るしかない。そう考えて居場所を教えた。

「いま、中目黒の駅前にある『フェニックス・イン』というラブホテルにいます」

——わかった。すぐに行く。そのまま動かずにじっとしているんだ、いいな。

「はい……」

伊吹は硬い表情をして電話を切った。そして傍で心配そうに話を聞いていたさやかの方を見て言う。

「さやかさん、堂園部長が来てくれる。これで安心だ」

「ダメ！　ここにいてはダメ！」

さやかが大声をあげた。

「どうして。部長は力になってくれると約束してくれたんだ」

伊吹は、突然のさやかの変わりように内心驚いていた。

「もし警察の動きを犯人が知ったら……ここはダメ。すぐに出なければ」

さやかは言い終わるか終わらないかのうちに、もう立ち上がっていた。

「どうしたんだ、そんな恐い顔をして。犯人に知れるわけはないじゃないか」

「いま説明をしている暇はないの。私のためを思ってくれているなら、何も聞かないですぐここを出て」

「何をそんなに恐がっているんだ」

「私が説明するより、隠れて様子を見てれば何もかもわかるわ。伊吹さん、お願いだからそうして、お願い……」

真っ青な顔をしたさやかが、懇願するように声を震わせた。

伊吹は、戸惑っていた。

が、ここで言い争っても仕方がない、さやかが、ここまで顔色を変えて言うからには何かがある。伊吹は、さやかの言葉を受け入れた。

二人はすぐにホテルを出た。ホテルから少し離れた建物の陰に隠れてホテルの入り口を見張っていたさやかが、声を強《こわ》ばらせて言う。

「伊吹さん、誰が来るか、あなたの眼でしっかりと確認してほしいの。そうすればすべてがはっきりするから……」

「何がどうしたって言うんだ、何がはっきりするんだ、さやかさん」

まったく事情が呑み込めない伊吹は、怪訝そうに重ねて聞いた。

「情報が筒抜けになっている可能性がないとは言えないでしょう。だからここで様子を見るのよ」

「しかし、まさか堂園部長が外に情報を流すとは……一体どういうことなんだ」

伊吹の問いかけにさやかは答えなかった。今まで見せたことのない険しい眼差《まなざ》しをホテルの入り口に、じっと向けていた。

二人の間に重い沈黙のときが流れる。

やがて伊吹に、さやかが、囁《ささや》きかけた。

「見て、伊吹さん」

私服に着替えた柴田と他の白バイ乗務員三人が、バイクに乗って現われたのだ。

伊吹は、なぜ柴田たちが来たのか理解できなかった。

たしかに、柴田は派出所に立ち寄ったこともあるし、堂園と親しく話をしていた。だから二人につながりがあることはわかる。しかし、まったく部署の異なる白バイの乗務員が、私服に着替えて伊吹を捜しにくること自体がおかしい。

それに、キーラの部屋で殺されていた男は、道玄坂で柴田が調べていた男だ。ということは、柴田がヤクザの組織とつながっていたということも考えられる——。

伊吹は、頭を混乱させせながら、なおもホテルの入り口に眼を凝《こ》らしていた。

二人の見ている前で、これからの甘いひとときを期待して、一組、また一組と、肩を寄せ合った若い男女が、ネオンの下をくぐりホテルの中へ消えてゆく。

「さやかさん、あなたはこうなることが予測できていた。一体、どういうことか、本当のことを話してくれませんか」

「…………」

さやかは一心に前方を見つめたまま、黙っていた。

（あれは――）

伊吹が、再び、ホテルの入り口に険しい目線を突きつけた。

やはり私服に着替えている堂園と、警部の岩渕、捜査一課の片山、外事課の西口、それに、顔を知っている警察の同僚を加えると、十人以上の警察官が来ていたのだ。

殺人の容疑なら担当は捜査一課。片山が来ていることはうなずける。しかし、かりに、遠藤に麻薬密売の容疑がかかっていたとしても、俺は麻薬とは一切関係ない。それなのに麻薬課の岩渕が、わざわざ出てくるというのはおかしい――。

ましてや、外事課の西口、白バイ乗務員の柴田が、俺を逮捕するためにここへ来なければならない理由はまったくない。

合同捜査本部でも設置され、特別に応援するよう命じられているならともかく、そうでないかぎり、それぞれ所属部署が違う専務員が、こうして現場に来ることは絶対にありえないことだ。

（どういうことだ、これは……やはり部長は俺を裏切っていたのか、くそ……）

伊吹が歯ぎしりした。目の前の現実が信じられなかった。

堂園がホテルを確認するように看板を見上げながら、ちらちらっと後ろを振り返ってうなずいた。それに呼応するように岩渕がうなずき返す。

（俺を安心させておいて、踏み込むつもりだったんだな……）

伊吹の胸に激しい怒りがこみあげてきた。

堂園を信頼していただけに、よけい裏切られた悔しさが胸を突き上げる。

岩渕の傍に近寄った片山と西口、それに見覚えのある私服刑事がうなずいて、入り口から散ってゆく。柴田たちも険しい表情をして、ホテルの前から立ち去った。

伊吹は誰を信じればいいのかわからなくなっていた。

考えてみると、事件になぜ自分が巻き込まれたのかも、本当のところはわからなかった。ただ、いつのまにかずるずると事件に首を突っ込み、気がついたときには追われる立場になっていたのだ。

今度のことに、麻薬が大きく関わっているのはたしかだ。

岩渕たちが、遠藤先輩と俺をこれほど血眼《ちまなこ》になって捜すということは、純粋に警察官として、警察の職務を遂行するために、犯罪を取り締まっているだけではないのかもしれない。もしかしたら、岩渕が裏で麻薬密売を取り仕切っているのではないだろうか――。

伊吹は、改めてこれまでのことを頭の中で整理しなおしていた。

俺を拷問《ごうもん》したうちの一人コスネンコは、横浜のランジェリークラブで支配人をしていた。そこへ岩渕と西口が来た。今考えてみると、偶然にしてはできすぎている。岩渕たちとコスネンコが無関係とは考えられない。

岩渕がこうして、この現場に来ているということは、当然堂園とつながっているということだし、その堂園は、ジャパン貿易商事の社長東原とつながっている。

東原がロシア人の二人とつながっているということは、ロシアと貿易をしていることを考えれば当然だし、その貿易を通じて麻薬を密輸しようとしていたことは、十分考えられる。

ロシアの貿易船を麻薬密輸の容疑で検索したとき、指揮をとっていたのが岩渕である。

俺は、警察の幹部だというだけではじめから疑ってかからなかったが、それが誤りだったのかもしれない――。

伊吹は、あとでさやかを問い詰め、事実を確かめなければと思いながらも、一方では、どうしても、さやかが自分から進んで犯罪に加担したとは思えなかった。

彼女が何もかも知っていて俺に近づいたことも、犯罪組織とつながっていることも、おそらく間違いない。しかし、俺と同じように、知らない間にいつのまにか犯罪の中に巻き込まれていたのではないだろうか。

たぶん、秘書という仕事をしていて事実を知り、脅されていたに違いない。だから、さやかさんは、会社にいると息がつまるとも、俺と個人的につき合いたいとも言っていたのだ。

さやかさんは悪い人ではない。現に、こうして俺を救けようとしてくれているじゃないか――。
伊吹は、レインボーブリッジを見にいったとき、さやかがふと見せた寂しそうな、いや、辛そうな表情の意味がようやく理解できたような気がした。

8

現場を離れた伊吹は、別のラブホテルに入り、さやかを改めて問い詰めていた。

「さやかさん、あなたはさっき、俺が堂園に連絡して力になってもらうと言ったら、ダメだとむきになって止めたが、なぜですか」

伊吹は、複雑な気持ちを抱えたまま、上司のことを呼び捨てにして聞いた。

「それは……」

さやかが辛そうに眉根を寄せて俯いた。

「あなたは、俺が堂園に電話をすると言ったときも強硬に止めたし、電話をしたあと、様子を見ればすべてがわかるとも言った。つまり、はじめから堂園と組織のやつらがつながっていることを知っていたし、連絡したらあの現場に堂園以外のやつらが来ることもあなたは予測できていた。そうだね」

「…………」

「さやかさん、真っすぐ俺の眼を見てください。俺はあなたを責めているのではない。何もかも正直に話してくれませんか。あなただって、やつらになぶり者にされたばかりか、まかり間違えば殺されていたかもしれないんですよ。それでもやつらを庇《かば》わなければならない、特別な事情でもあるのですか」

「………」

「状況から判断すると、俺たちがマンションの地下へ連れ込まれることを、あなたは知っていた。だとすれば、何かよほどの事情があるとしか思えない。女の人が自分からあんな恥辱を受けるとは考えられないからね」

伊吹は、問い詰める俺より、問い詰められる彼女のほうがもっと辛いに違いない、そう思いながらあえて聞いた。

「私は……私は、自分の住んでいるマンションへ連れていかれるなんて、本当に知らなかったの。信じて……」

うなだれたさやかが、今にも泣きそうな顔をして言う。

「さやかさん、信じるとか信じないとかいう問題じゃないんだ。俺はただあなたに、本当のことを話してもらいたいだけなんです。俺もあなたも現に殺されかけた。それなのにあなたは誰かを庇っている。誰を、何のために庇っているかは知らないが、なぜなんです。命を代償にしても惜しくないほどの相手なんですか。俺にはそこのところがどうしてもわからない」

「………」

「あなたが住んでいるマンションのオーナーは誰なんですか。さやかさんと、どんな関係があるのですか」

「あのマンションは、私が管理しているようになっているんですが、建物の名義は東原社長です。でも……」

眉根を寄せてぽつりぽつりと話しはじめたさやかが、口籠《くちご》もった。

伊吹が念を押しながら、やはりさやかは東原の女だったのかと思った。

「東原がオーナーということですね」

そうだろうな、こんな美人で頭のいい人が彼氏の一人や二人いないというほうがおかしい。おそらく東原からすべて面倒を見てもらっていたのだろう。だが、伊吹の心に嫉妬《しっと》はなかった。

さやかが東原と関係があったと知り、気持ちが醒《さ》めたとか嫌いになったとかいうわけではない。自分でも不思議だったが、むしろ逆だった。

さやかは何か特別な事情があって、東原の女にならざるをえなかった。だから、指示どおりに動くしかなかったのだろう。だが、そんな不純な関係がいやになっていた。そんなときに俺と知り合い気持ちが揺れ動いた。考えてみると可哀相な人なんだ——。

伊吹はできるだけ、よいほうに考えた。

さやかにもそんな伊吹の気持ちが伝わったのだろう、顔を強ばらせ、辛そうにしていたが、素直に応《こた》えはじめた。

「伊吹さん……私にはよくわからないのですが、マンションの実質上のオーナーは他にいるみたいなんです」

「オーナーが別にいる？」

「ええ……実質上の陰のオーナーは表に出てきませんから、本当の所有者が誰かはわかりません。東原社長は知っていると思いますが……」

さやかが肩で大きく溜め息をついた。

伊吹は陰のオーナーと聞いて、ますます疑いを強めた。

「なるほど、さやかさん。ところで、東原は麻薬を扱っていましたね」

「…………」

さやかが顔を歪めて、小さくうなずいた。

「それがわかっていながら、あなたのような人が、なぜ、東原と手を切らなかったのですか」

「…………」

「なぜなんですか、さやかさん」

さやかがまた苦悶の表情を見せた。眉根を寄せて、唇を小刻みに震わせていた。重い空気が二人を包み込む。体にのしかかってくる精神的な重圧に耐えきれなくなったのか、しばらく黙っていたさやかが、眼にいっぱい涙を浮かべて、呟《つぶや》くように言う。

「私は……私は社長に逆らえなかったのです……」

「なぜ。はっきり話してくれ、さやかさん」

「…………」

「俺はあなたが好きだ。あなたの過去がどうであれ、そんなことは問題じゃない。過去のしがらみに縛り付けられていてはいけない。そんなことでくよくよするより、今この場で頭を切り替え、いやな過去をすっぱり捨てればいい。もしあなたが俺と同じ気持ちを持っていてくれているなら、俺たち二人でこれから先どうするかを前向きに考えてゆけばいい。そうだろ、さやかさん」

「伊吹さん……」

「さっきあなたは、自分は愛される資格のない女だと言った。しかし、男でも女でも愛される資格のない人など一人もいないと思う。人はそれぞれ違った環境の中で生きている。そして何かのきっかけで偶然知り合い、好きになってゆくんじゃないのですか」

「…………」

「もしあなたが、俺のことを好きでもないし、単に知り合った男の一人にすぎないと考えているなら、はっきりそう言ってほしい」

唇を嚙みしめていたさやかは、真剣に見つめる伊吹の視線が痛くて、顔を上げられなかった。

「さやかさん、いま俺はあなたにとって辛い言い方をしているかもしれない。しかし俺はあなたの気持ちを信じたい」

「…………」

「あなたの気持ちはわかる。しかし今の状況をこのままにしていたら取り返しがつかないことになる。俺はこの危機をさやかさん、あなたと一緒に乗り越えていきたいんだ。誰から何を言われてもいい、すべてを失ってもいい。この際何もかも解決して、二人でやり直せばいいじゃないか」

伊吹は本音をぶつけた。

正座したまま膝の上に置いているさやかの握り締めている手が、震えている。そして、喘《あえ》ぐように胸を動かした。

9

さやかがやっと重い口を開いた。

「伊吹さん、あなたに抱かれたとき、それから地下室で裸にされて責められていたとき、私の体の異常に気がつかなかった？」

「異常？　いや……」

伊吹が怪訝な顔をしてさやかを見つめた。

「そう……。これを見て」

さやかが左腕をめくり、伊吹の前に出して見せた。

「これは……」

伊吹は唖然とした。

静脈に沿って、黒ずんだ紫色の注射痕がはっきり残っていた。

「そう、これは麻薬を射《う》った痕《あと》なの。私の体は麻薬に侵《おか》されているのよ」

「なぜ、こんなものを……」

「私のマンションであなたに抱かれたとき、明かりを点《つ》けなかったのは、あなたに知られるのが恐かったからなの。でもこのことだけは信じて聞いてほしい。たしかに、最初は東原の命令で、あなたを東原のグループに引き入れようと、あなたに近づいたわ。でも、私はなんとかして生活を変えたかった。麻薬と手を切りたいと思って、あなたと……」

さやかがまた唇を噛んで、悲しそうな顔をした。

行為が終わったあと、さやかは一人でバスルームへ行ったから、伊吹はまともに裸は見ていない。地下へ閉じこめられたときは、犯人に対する恨《うら》みつらみでいっぱいだったし、逃げることばかりを考えていた。

　彼女を救けたときもそうだ。この注射痕に気づくほどの余裕はなかったし、冷静さも失っていた。

「さやかさん、いつから麻薬を。誰に覚えさせられたんですか」

「東原社長からです。秘書課に移ってすぐの頃、社長に誘われて、食事に連れていってもらったんです。そのとき吸わされたのがマリファナだったんです。頭はくらくらするしボーッとしてしまって、何が何だかわからないうちにお酒も飲まされたのですが、社長はそのお酒の中に睡眠薬を入れていたんです……」

「やつはそんなことを」

　伊吹の眼が怒りに震えた。同じ男として、その卑劣なやり方に激しい憤《いきどお》りを覚えていた。

「誘いを断われなかった私にも、隙があったんです……」

「誰だって、社長から直接誘われたら断われませんよ」

　伊吹が腹立たしそうに声を荒らげた。

「目が覚めたとき、私はホテルのベッドへ寝かされていました。でも、そのときはもう麻薬を射たれていたし、体も……。もちろん会社を辞めようと思いましたが、結局、私の意志が弱くてずるずると関係がつづいてしまって。その間、体の疲れが取れる、栄養剤だからと半強制的に注射を射たれ、気がついたときには中毒になっていて、どうにもならなくなっていたんです」

「クソー！……」

伊吹が呻くような声を出し、歯ぎしりした。持って行き場がない憤り、憎悪が胸の中で渦を巻いていた。

「それからの生活は、たぶん見当がつくと思います。私は麻薬欲しさに社長の言うことを聞き、男の欲求を受け入れるしかなかったのです。その間も、セックスにいいからとずっと麻薬を射ち続けられたのです。たしかに気持ちがハイになるし、理屈ではなく体が我慢できないほど燃えてきます。いつしかそれが、私をとりこにしてしまっていたのです」

さやかは伊吹との関係はこれで終わりと考えているのだろう、何もかも包み隠さずに喋った。

「でもそんな生活が長く続くはずはありません。私が使う麻薬の量は日に日に多くなるし、禁断症状も激しくなるばかりです。すべて私があさはかだったんです。あなたに笑われ、軽蔑《けいべつ》されても仕方がないんです、私は……」

さやかが言葉を切って、口元に薄い微笑を浮かべた。だが、眼にはいっぱい涙をためている。今にも瞼の間からこぼれ落ちそうだった。

「伊吹さん、あなたと知り合って本当に心が洗われるようだった。男の人の純粋さに触れた気がしたんです。だからなおさら気が重かった……」

話し終わったさやかの眼から、堰《せき》を切ったように涙が溢《あふ》れ、とめどもなく頬を流れた。

「さやかさん、そう自分を責めてはいけない。悪いのはあなたじゃない。麻薬を教えこんだ東原や、人を不幸に陥《おとしい》れながら上前をはねて、のうのうと暮らしているやつらだ」

激しい怒りを眼の奥で燃やしていた伊吹には、さやかの辛い気持ちが手に取るように理解できた。

「こんな私が、人並みな幸せをあなたに求めるなんておかしいわよね……」

さやかが寂しそうに笑った。

だが、その笑みの中に、何もかも失《な》くしたという悲しさと、虚《むな》しさが、伊吹にははっきり読み取れた。

「さやかさん、捨てばちになってはいけない。頑張ればきっとよくなる。どんなときでも前向きに考えるんだ。あなたはただ利用されただけなんだから」

「ありがとう、伊吹さん……でも、誰の責任でもない。やはり、私自身が弱かったからこんなことになってしまったのよ。どんなに自分を慰めても、汚れた過去は消えないもの……」

「たしかに、麻薬とわかってもやめられずに、ずるずると続けてきたことに対しては、自分で責任を負わなければならないと思う。どんなに辛くても苦しくても、やめようと思えばやめられたはずだ。どんな言い訳をしようと、そこにあなた自身の精神的な弱さがあったことは否《いな》めない。しかし、そんな最悪な環境にいたことに気づいたいまは違う。あなたは自分から立ち直ろうとしている。その気持ちさえあれば、どんな苦しさにも耐えられるはずだ」

「そう言ってくれるだけでも嬉しい……伊吹さん、私はあなたと初めてお会いしたとき、ぎらぎら燃えるような眼をしていたあなたがとても羨《うらや》ましかった。あの希望に満ちた顔。何かやってやろうというあの気迫。私が失ったものをすべてあなたは持っている。きっとそこに魅《み》せられたから、これではいけないと思ったのね。でももう、すべてが終わったのよ。すべてが……」

「そんな悲観的な考えをするんじゃない！　自暴自棄になるというのは、自分にも他人にも甘えているからだ。苦しさから逃げる前に、もっと自分を大切にしろ！」

伊吹が突然大声をあげて怒鳴りつけた。

「………………」

さやかは何も言えず俯いた。

「さやかさん、はっきり答えてくれ。今でも麻薬から抜け出したいと思っているのかどうか。その気があるんだろ、さやかさん」

伊吹の問いに、さやかが辛そうな顔をしてこくりとうなずいた。

「こんな生活から抜け出せるのなら……でも、今まであなたに本当のことを話さないで迷惑をかけたのに、そんな私がいまさら……」

「それは違う、さやかさん、あなたが本気で立ち直る気があるのだったら、俺が必ずその体から麻薬を抜いてやる。いまこの時点から、俺と一緒に変わるんだ」

伊吹の強い言葉に、さやかがわっと声をあげて泣き伏した。

（泣くなら泣け、思いきり涙を流せば少しは気持ちが楽になるだろう。そうして知っていることを何もかも全部話してくれ、さやかさん――）

伊吹は、体を揺すって泣いているさやかを抱き寄せて、麻薬を密売する者に激しい怒りを向けていた。

五章　報復の対決

1

伊吹とさやかは、ベッドの上に向かい合って座っていた。

さやかは、やっと落ち着きを取り戻した。眼は泣き腫《は》らして赤くなっている。だが、ついさっきと違って、伊吹にはずいぶん表情が和《やわ》らいでいるように思えた。

「さやかさん、もと渋谷北警察署の刑事課にいた遠藤という刑事を知っていますか」

「ええ、何度か会社に来たことがありますから……」

「それじゃ、遠藤さんがなぜ追われているか、知っているかい」

「詳しいことは……」

「どんな些細《ささい》なことでもいい、知っていたら教えてほしいんだ」

「社長の話では、ロシア人のキリジンスキーが、小樽で麻薬を持ち逃げした。どうもその麻薬が遠藤さんの手に渡ったようなんです。それ以外にもなにか、重要なものを持っているとか……」

「やはりそうだったのか。それで血眼《ちまなこ》になって捜していたのか……さやかさん、もう一度聞くが本当に東原がボスじゃないのですか」

伊吹は身を乗り出し念を押すように聞いた。

「いえ、本当のボスは他にいるみたいです。私は一度も電話を受けたことはないのですが、社長はいつもピリピリしていたし、相当恐がっていましたから……」

「そうか、わかりませんか……しかし、これで、陰で操《あやつ》っている人間がいることがはっきりした。東原とロシアのマフィアとのつながりを知っていたら、教えてくれませんか」

「社長がロシアのマフィア『バーバヤ』のコスネンコと知り合い、会社の経営を立てなおすために、麻薬の密輸をはじめたのだと思います」

「それじゃ、五年前に殺された逸見夫婦も、やはり、麻薬絡みで殺されたということか」

「ええ……ただ、伊吹さんも警察官だから言いにくかったのですが、社長の言葉を借りれば、警察の中にヤクザ組織があると……」

「なんだって⁉　警察の中に極道の組織が……。本当ですか」

伊吹が射竦《いすく》めるような眼をさやかに向けた。

法を執行し、犯罪を取り締まる立場にある警察組織の中に、極道の組織ができているなど信じたくはなかった。

しかし、警察の権力をもってすれば、たとえ日本のヤクザであろうと、ロシアのマフィアであろうと、対抗できる組織はない。

（警察の裏組織があったとは……しかし、誰がその組織を支配しているんだ。警部の岩渕か、それとも別にもっと大物がいるのか――）

「伊吹さん、あなたが驚くのも無理はありません。でも確かなのです。あなたが初めて会社へ来たとき、捜査一課の片山さんから預かった荷物を持ってきたでしょう」

「ええ……」

「じつは、あの包みの中には麻薬が入っていたのです」

「そうすると、俺がその麻薬を運んでいたということになるのか……」

伊吹は唖然《あぜん》とした。

「それからあなたが会社を出たあと、外で喧嘩《けんか》があったでしょう。そしてあなたは、捕まえた指名手配犯人を小樽まで護送した。そのとき証拠資料として、向こうの警察になにか持っていかなかった？」

「持っていきましたが、あれも麻薬だったと言うのですか……」

「そうです。警察署から警察署へ直接現職の警察官が麻薬を運ぶ。警察官が自ら麻薬を運べば誰からも咎《とが》められません。それに証拠品ということならなおさらです。いちばん安全な方法をとっていたのです」

「すると一連の事件は、すべて俺を陥《おとしい》れるための罠《わな》だったというわけか……」

すでに俺は何度も麻薬密売の片棒を担いでいたということになる。伊吹は、すぐには気持ちの整理ができなかった。

伊吹が悔《くや》しそうに、激しくこめかみを動かした。

さやかの言うとおり、もし堂園や柴田が、派出所を拠点にして麻薬を極道たちに運んでいるとか、密売をさせて金を集めているとしたら、こんな安全な方法はない。

そういえば、堂園部長は派出所で白バイ乗務の柴田健一に、何か小さな荷物を渡していたが、あの荷物も麻薬だったのか……。

もし派出所で麻薬の受け渡しをしていたとしたら、誰からも咎められることはない。絶好の受け渡し場所だ。

たしかに伊吹は、堂園部長に言われて浜松町のモノレールの改札口へ小荷物を届けに行ったし、さやかが勤めている社長の東原のところへも、それに指名手配の被疑者を護送したときも、小樽へ証拠品だといって荷物を届けた。

俺は幹部から命令されたとおりに、何も疑わずに荷物を運んだ。だが、中身はまったく見ていない。あの荷物が全部麻薬だったとしたら、俺は知らない間に運び屋をしていたことになるが――。

俺が犯人を逮捕したとき押収した小さなビニール袋。あの中に入っていた覚醒剤らしき粉末が、小麦粉だった理由がこれでわかった。

あの証拠品は堂園部長が持っていた。ということは、堂園か、他の誰かがすり替えたに違いない。警察署の中が犯罪者ばかりなら、俺の気づかないところですり替えるぐらいは簡単にできる。伊吹はそう思い納得した。

「新人の警察官なら、上司の命令には絶対に従うし、あなたもそうだったように、上司や同僚を信用しきっていて、全然疑おうとしない。警察というのは、そういうところじゃありませんか」

「なにも知らない警察官を、知らないうちに運び屋として使い、事実を知られたら、それを脅しの材料にして仲間に引き込む。汚いことをしやがって──」

「それが彼らのやり方なのよ。堂園さんも柴田さんも、そして遠藤さんも、みんなそうして動きがとれなくなった。組織に入らなければ殺されるし、抜け出せない。だから、警察の中で組織は大きくなるばかりだと、社長から聞いたことがあります」

「何もかも計算ずくなのか……」

伊吹は、さやかの話を聞きながら、自身もすでに、身動きのとれないところまで追い込まれ、組織の中にはまり込んでいることを、はっきりと感じていた。

「五年前、逸見さん夫婦が殺されたのは、麻薬の密輸と、売春をさせるロシアの女性を人身売買していた事実を警察に届け出たからしいわ。おそらく、それを受け付けたのが警察ヤクザだったのでしょうね。だから、すぐに殺されたのよ」

「そういうことだったのか……さやかさん、警察ヤクザの組織には何人くらいいるか聞いてないですか」

「はっきりしたことは知りませんが、かなりの人数が散らばっているのは確かよ。警察ヤクザが、その土地のヤクザを仕切っているから、末端までの総数となると、五万人とも十万人とも聞いてます。それで、警察官がみんなヤクザに思え、身動きが取れなかったんです。どこで誰の目が光っているかわからなかったものですから」

「そんなに……」

伊吹は組織の人数を聞いて、絶対に逃げられないと思った。

「これは私の勘ですが、遠藤さんが追われている理由は二つ。一つはキリジンスキーが持ち逃げした麻薬を取り返すこと。もう一つはおそらく、遠藤さんが警察ヤクザのリストを持っているのではないかと思うんです」

さやかの話を聞きながら、伊吹は、遠藤が自分に送ろうとしたのはそのリストではないだろうか、と考えた。そして、さらに気にかかっていたことを聞いた。

「さやかさん、もうひとつ聞かせてくれますか」

「はい……」

さやかが硬い表情をして、じっと伊吹の顔を見つめた。

「厳しい言い方かもしれないが、誤解しないで聞いてください。俺たちがマンションの地下から逃げるとき、あなたは仲間の男を拳銃で撃とうとした。なぜ俺を救《たす》けたんですか。それに、俺を殺すチャンスはいくらでもあったのに、なぜ殺さなかったんですか」

「あなたは初めて知り合ったときから優しかった。私は、東原にあなたをアパートから誘い出すだけでいいと言われていました。遠藤さんが突然行方不明になったものだから東原たちは慌《あわ》てた。あなたの留守中に部屋に入りこんで、遠藤さんからの情報がないか、調べたかったのよ。ところが、地下室で縛られ、あんな辱《はずかし》めを受けた。それだけならいつものことだから、諦《あきら》めていたかもしれない。でも、あなたは、あなたの気持ちを裏切ったこんな私を、怪我までして護《まも》ってくれたんだもの……」

さやかは、そのとき、東原から麻薬を射《う》たれ、折檻《せっかん》されたときのことを思い出し、伊吹の優しさと比べていた。

「わかった、ありがとう……」

伊吹はそれ以上聞かなかった。

自身が犯罪者にされたことにも腹が立ったが、それ以上に、さやかを追い詰めた警察内部の人間が、憎いと思った。

「伊吹さん、私、殺されそうな目に遭《あ》って、初めて自分のしていることが、とんでもないことだと気がついたの。あなたは、こんな私に命をかけてくれた。それでやっと目が覚めたんです……」

「もういい、さやかさん。あなたの気持ちは、しっかりと俺の胸の中に収めさせてもらいます」

「そんな……」

「さやかさん、あなたはやつらに銃を向けた。つまり、結果として俺のために、東原と組織を裏切ったことになる」

「…………」

「しかも俺は麻薬の運び屋にされたし、あなたは麻薬を使っていた。やつらが俺を捕まえれば、それをネタに必ず脅しをかけてくる」

「…………」

「それに、あなたのマンションへ行ったとき、写真を撮《と》られている。おそらく、俺がやつらの言うことを聞かなければ、俺たち二人は確実に殺され、麻薬を絡めて無理心中をしたということで処理される。検視をするのは警察だから、殺したあとで麻薬をポケットに放り込むくらいのことは簡単にできる。組織を護るためにはそれくらいのことは平気でするはずだ。さやかさん、俺たちはもう引くに引けないところまで追い込まれているんだ」

伊吹はすでに腹を据えていた。

このまま黙っているわけにはいかない。いつまでもやつらから逃げまわり、殺されるのをじっと待ってたまるものか。こうなったら、とことんやつらと対決するしかない――。

伊吹は、感情を昂《たか》ぶらせていた。胸の中から噴き出す激しい憤《いきどお》りを全身で感じながら、なんとしても遠藤を捜して会わなければと考えていた。

2

受話器を置いた伊吹は、ほっとした。

本部の鑑識課に直接電話を入れて頼もうかとも思ったが、誰に聞かれているかわからない。伊吹は、夜も遅かったが同期の田口の自宅へ直接電話を入れたのだった。

電話を掛けるまでは、田口も罠にはまり、警察ヤクザの仲間になっているかもしれない、そんな疑いを持っていた。

しかし、思い切って掛けてみて、直接耳から入ってくる田口の話しぶりから、まだ田口のところまでは手が回っていないと確信できた。

伊吹は、送った指紋のことを話し、内緒で照合を頼んだ。その後、さやかと一緒にベッドに体を横たえた。

緊張したためまぐるしい一日だっただけに、どっと疲れが出た。だが、二人とも眠れなかった。どちらからともなく互いを求め合っていた。

切羽詰まった状態と、孤立した状況に追い込まれたことが、逆に、二人の気持ちを近づけ、結びつけていた。

「さやかさん、このままずっと俺の傍《そば》にいてくれるね」

伊吹は、強くさやかの体を抱き締めた。

「嬉しい、でも……」

さやかはためらった。胸の中で湧いてくる喜び、感情の昂ぶりとは裏腹に、辛そうな顔をした。

じかに伝わってくる体の温《ぬく》もりが、今まで男に抱かれたとき、一度も感じたことのない心の安らぎを覚えさせてくれている。

だが、麻薬に侵《おか》されている身体のことを考えると、愛されたい、という気持ちとは裏腹に、素直に伊吹の気持ちを受け入れることができなかった。自分の取った行動が、伊吹をここまで追い込んだ、そんな負い目がどうしても頭から離れず、心にわだかまりを作っていたのだ。

「麻薬のことを気にしているのかい？　俺は気にしていないよ」

「私に、愛される資格なんて……」

「人を好きになるのは心だ。そうじゃないかい？」

伊吹にこだわりはなかった。

今が最悪なときだからこそ本音でつき合える。一人では何もできなくても、二人なら苦しさを乗り越えることができる。

苦しければ苦しいほど、それを乗り越えたとき、きっと笑って話せる——伊吹はそう考えて、気持ちを切り替えていたのだ。

軽く唇を重ねた伊吹は、さやかの眼を見つめた。

さやかの眼が潤《うる》んでいる。涙が室内の明かりに反射して、きらきら光っていた。

「さやかさん、あなたの苦しみは俺の苦しみと同じなんだ」

「伊吹さん……」

さやかの目尻から、ツツーっと涙が筋を引いて流れた。

「心配しなくていい」

伊吹が、太い指先でそっと涙を拭《ぬぐ》う。さやかの眼には、透き通った涙が止めどもなく溢《あふ》れていた。

「さやかさん、誰も先のことはわからない。そうだろ、だから今を大切にしたいんだ」

「ありがとう、伊吹さん……」

さやかが涙声を出した。

言葉が途切れた。どちらからともなく唇を寄せ合う。伊吹が抱き、抱かれたさやかも激しく求めた。

さやかの唇は柔らかかった。鼻先を女の匂いが包み込む。触れる女体の感触が、いっそう伊吹の気持ちを昂ぶらせた。

白い歯の間から、わずかに出したさやかの舌に自分の舌を絡ませる。伊吹の手が、背中から胸に移動する。手のひらに包み込んだ乳房を、優しく揉むようにして撫でた。

「ああ……抱いて、強く抱いて……」

さやかの腕が、無意識のうちに伊吹の首に絡みつく。荒い息遣いのなかで声が震《ふる》え、触れる胸元が大きく波打っていた。

伊吹の指の間に挟まれた乳首が、硬く立ち上がっている。さやかの口を離れた伊吹の唇が、首筋から乳房の谷間へと移動した。

「あ、ああ……本当にあなたを愛していいのね。こんな私でもいいのね……」

肌を這《は》う、舌先のこそばゆいような感覚に、さやかは敏感に反応した。

薄い唇の間から、間断なく喘《あえ》ぎが漏れる。伊吹の肌の温もりと、逞《たくま》しい肉体が安心感を与えてくれる。これまで、男に抱かれても気を許すことのなかったさやかは、辛いことも、何もかも忘れて体を預けていた。

「好きだよ、さやかさん」

「もう麻薬は使わない。縁を切るわ。救けて、私を護って……」

「そうだよ、もとの元気な体に戻るんだ」

伊吹は言いながら、乳首を口に含んだ。

「うう……噛んで、優しく噛んで……」

乳輪に、ぷつぷつと浮き上がっている乳腺を、舐《な》めるようにして舌を這わせていた伊吹は、立ち上がった乳首の付け根に軽く歯を押し当てた。

加減して乳首に歯をたてた伊吹は、舌の腹で乳首の先に刺激を加えた。

「捨てないで、私はあなたのものよ、あなたの……あ、いい……」

伊吹の手の中で、弾力のある乳房が形を変える。

胸を前に突き出し、体をくねらせたさやかは、右太腿に、怒張した男の塊《かたまり》を感じていた。刺激が加わるつど、腹がしぼむように動く。いつにない気持ちの高まりが、秘陰の窪《くぼ》みにじっとりと、流れる汗のような潤いを持たせていた。

乳房を離れた伊吹の指が、湿った股間の恥毛に触れながら、柔らかい襞《ひだ》をまさぐる。

「あ、あ、うう……あの人たちがいるかぎり、あなたの傍にいられない。もう逃げたくない、あの男たちに責められるのはいや。あなたに抱かれていたい……」

さやかは夢中でしがみついた。

立てた膝が左右に開く。充血した股間の窪みに、逞しく息づいている伊吹の男を、しっかりと迎え入れた。

3

翌朝午前十時すぎ、目黒郵便局の前は、結構人通りがあった。

どこから、誰の眼が光っているかわからない。伊吹もさやかも、途中で買った帽子を深々と被《かぶ》り、色の濃いサングラスを掛け、周囲に警戒の目を向けていた。

「伊吹さん、ほらあそこ、あの男……ダメよ、近寄れないわ」

郵便局と道路を隔てた建物の方を見ていたさやかが、声を落として言う。

その方向へ鋭い目線を向けた伊吹の傍に、すっと白塗りのバンが近づいて停まった。

ハッとして運転席に顔を向けた伊吹の視野に、ハンドルを握っている若い女の姿が映った。

あれは……女の顔を見た伊吹は驚いた。上下のジーンズを着て、ひさしの長い黒っぽい帽子を深々と被り、その帽子の中に長い金髪の髪を収《しま》い込んで、顔を隠すようにしていたが、女は間違いなくキーラだった。

周囲をきょろきょろっと見回したキーラが、ドアを開けて車から降りると、ポケットに両手を突っ込んだまま足早に近づいてきて、

「伊吹さん、遠藤さんが待っています。一緒に来てください」

と、すれ違いざまに、知らんぷりを装いながら声をひそめて喋《しゃべ》った。

「どこにいるんです、先輩は……」

伊吹が、やはり声を低く落として聞いた。だが、顔は動かさない。目線だけを鋭く周りに突き付けて、様子をうかがう。キーラに無事だったのかと一言声をかけたかったが、とてもそんな雰囲気ではなかったし、余裕もなかった。

「早くバンの後ろへ乗ってください」

キーラが急《せ》かせる。

さやかと顔を見合わせた伊吹は、一瞬警戒した。もしこのキーラが組織の一員だったら、という疑いが、ふと、脳裡《のうり》をよぎった。

だが、こんな人通りの多い道路で話はできない。もしここで躊躇《ちゅうちょ》すれば、遠藤と会えるきっかけをみすみす逃すかもしれない。伊吹は、さやかと車に乗りこんだ。

伊吹はあっと声をあげそうになった。中には遠藤が乗っていたのだ。

車がすぐに走りだす。窓はカーテンで塞《ふさ》いでいる。運転席との間仕切りもカーテンで遮断し、外から見えないようにしていた。

「先輩……あれからいろいろあって、ずっと捜していたんです」

「伊吹、なぜこの女と一緒なんだ」

遠藤が伊吹の言葉を無視して聞いた。

「彼女は大丈夫です。すべてを打ち明けてくれました。俺たちは追われているんです。それにしても、一体どうしたっていうんですか。キーラさんの家では男が殺されているし、連絡のつけようもないし」

伊吹は溜《た》まっていたものを一気に吐き出した。それでもまだ黙っている遠藤に、これまでの経過を簡単に説明した。

「そうか、わかった……だいぶ迷惑をかけたようだな、すまん。俺が小樽から戻ってキーラのマンションへ行ったとき、やつらにキーラが拉致《らち》されかかっていたんだ。ちょうど、キーラとおまえが電話で喋った直後だったらしい。それであの野郎は俺が殺《や》った。電話は盗聴されている恐れがあったし、うかつに動けなかったんだ」

遠藤は、伊吹の顔に残っている腫れと、手に巻いた包帯を見て言った。

「先輩、私書箱には何が」

「何も入っていない、向こうの様子を見るための手段だ。伊吹、これを見てみろ」

遠藤が抉《えぐ》るような目線を伊吹に突き立て、手元に置いていた分厚い封筒を渡した。

「先輩、これは……」

封筒の中の書類を見て、伊吹が目を丸くした。さやかが話したとおり、そこには都道府県ごとに、警察官の名前と階級、所属部署までこと細かく書いてある。外部の広域暴力団の組織もずらりと書き記されていた。

「そうだ、警察ヤクザと、傘下《さんか》に収まっている組織のリストだ。各都道府県の警察本部と、警察署単位に今の警察組織をそのまま利用して組織を拡大している。俺はこの組織を探っていた。おまえに、以前、爆死させられた夫婦のことを話したことがあるだろ」

「はい、逸見夫婦のことですね……」

「そうだ……。それから、おまえが発見した水死体の女を覚えているな」

「はい……」

「じつは、水死体の女はクリスチーンという俺の婚約者で、逸見さんは彼女の両親だ」

「えっ⁉……」

「彼女はロシアへ渡航していた。ところが、そのロシアでたぶんコスネンコたち『バーバヤ』の連中だと思うが、何者かに誘拐されたんだ。そして、強制的に売春をさせられていたんだ、五年ものあいだ……」

「誘拐された?……」

伊吹が身を乗り出して、ゴクリと生唾《なまつば》を飲み込んだ。が、まだ事態がはっきり呑み込めなかった。

「伊吹、小樽で俺たちを見たようだから、もうすでに、キリジンスキーのことは知っていると思うが、彼は、クリスチーンの実の兄なんだ」

「ええっ！」

「キリジンスキーは旧ソ連のKGBにいた人間なんだが、その関係でコスネンコとカダノフビッチの二人とつながりがあった。ところがその二人が『バーバヤ』というマフィアの組織をつくり、麻薬と売春で金を稼ぎ、次第に力をつけた。そしてコスネンコたちはさらに勢力を拡大しようと謀《はか》り、金のある日本に進出することを考え、ジャパン貿易商事に目をつけた。あとはその彼女から話を聞いたのなら、わかるはずだ」

「はい……」

伊吹は話を聞きながら、遠藤の気持ちを考えると、話す言葉を失っていた。

「彼女の父親は娘が誘拐されたことは知らなかった。それで警察へ麻薬と人身売買組織のことを密告しに行ったのだが、そのとき相談を受けたのが岩渕だった。ところが岩渕はそれを握り潰した。そしてコスネンコとカダノフビッチを使って、爆死させたんだ——」

遠藤が、唇を震わせた。悔しさと憤りをあらわにして、さやかに憎悪の眼を向けた。真っ蒼になって話を聞いていたさやかは顔をあげられなかった。ただじっと俯《うつむ》いて身を萎縮させていた。

遠藤は、さらに話を続けた。

「キリジンスキーは、誘拐された妹を捜すために自ら『バーバヤ』に入り、俺に協力してくれたのだが、やっと捜し当てた妹はおそらく口封じのためだろうが、日本に連れてこられて殺されていた」

憎悪に眼を血走らせた遠藤が、話しながら辛そうに顔を歪《ゆが》める。

「事前に、キリジンスキーと彼らの巨大な財源である麻薬を奪う打ち合わせをして、ロシア船が小樽へ寄港したとき、積み荷を降ろした」

「だから、岩渕たちが必死になって捜していたんですか……」

「そうだ。しかしその直後クリスチーンが殺された。あれは口封じのためだけでなく、裏切り者のキリジンスキーに対する見せしめでもあったのだ。俺はあのあとキリジンスキーから連絡をもらい、小樽へ行って麻薬を受け取ったんだ」

「それじゃ、いまその麻薬は先輩の手元にあるんですか。それにキリジンスキーはどこに……」

「キリジンスキーは東京にいる。それから麻薬は、俺たちが勤務していた派出所の、仮眠室の床下に隠してある」

「ええっ⁉　仮眠室の下にですか……」

「あそこなら、いつも誰か警察官がいる。だから逆に、誰にも気づかれることはない。外部の者はもちろん、内部の者もまさか派出所の床下に麻薬が隠してあるとは思わないだろう。いちばん安全な場所だ。伊吹、警察官のすべてが、やつらの仲間ではない。この俺に協力してくれる者もいるということだ」

「それでこんなに詳しく、組織のことを調べ上げることができたんですか……」

伊吹はうなずきながら考えていた。

そういえば渋谷駅前の派出所で、堂園が拳銃の保管庫をよく使っていた。保管庫は外部の人間が絶対に触れないし、キーさえ自分で持っていれば同僚だって開けられない。麻薬を隠すには絶好の場所だ。

白バイ乗務員の柴田や捜査一課の片山が、派出所に立ち寄って、堂々と麻薬の入った荷物を預けたり、受け取ったりできるはずだ、と思った。

「パトカーなら、大量の麻薬を運んでも怪しまれることはない。しかも、制服の警察官が管内を巡回したり、巡回連絡で各家庭を訪問したり、交通取り締まりなどを装って、極道連中に麻薬を渡すことは簡単にできる。仕事をするふりをして、密売人である極道連中に麻薬を渡し、金を受け取る、それがやつらの手口だ」

「そんな、くそ……」

「極道としても、警察から麻薬を買い入れれば絶対に捕まらない。安心して売り捌《さば》くことができる。俺はこれまで組織の実態をつかむために、組織の一員のふりをしたまま、比較的時間のある巡査を志願して、一人で調べていた」

「それはわかりますが、しかし先輩、それならなぜ麻薬を手に入れ、リストを作った段階で、やつらを叩き潰さなかったのですか」

「犯罪は法で裁く、そんなことはわかっている。しかし、法に委《ゆだ》ねることはできない。法の番人であるはずの警察組織の中にヤクザ組織ができていて、すべて握り潰される。それどころか、へたに動くと殺される。俺は、今のおまえと同じように麻薬の運び屋にされていた。はっきり言うが、いま俺たちの目の前にいる彼女のもとへ、何度となく幹部から荷物を届けさせられた。そうだったな」

　遠藤がさやかに向かって言う。

「申し訳ありません、私が弱かったばっかりに……」

　さやかが眼にいっぱい涙をためて、深々と頭を下げた。

「重要書類だ、証拠品だという幹部の言葉を信じて、言われたとおり預かった荷物を相手に届けた。ところが幹部連中は、初めから俺を陥れ、組織の中で使おうと考えていたらしい。だから気がついたときには抜き差しならなくなっていた」

「そうですか……」

「伊吹、俺たちが、警察の中にヤクザ組織があり、極道を使って麻薬の密売をさせ、売春させて、その上前をはねていると訴えても、誰が信用する。俺たちも、その組織の運び屋をしていたんだ。信じる者など誰もいない」

「ごめんなさい、私が、私が……」

　二人の話を聞いていたさやかは、気持ちを抑えきれなかった。激しく体を震わせ、涙をこぼした。その涙が、膝の上で握りしめている手の上に落ちて、弾《はじ》けた。

「俺はあんたを責めているんじゃない。俺や伊吹と同じように、組織から利用されただけだろうからな。言ってみれば、あんたも被害者なんだ」

「そうですよ、さやかさん、気にすることはない。すべてやつらが仕組んだことなんだから。しかし先輩、水臭いですね。なぜもっと早く、本当のことを言ってくれなかったんですか」

伊吹は遠藤に矛先《ほこさき》を向けて、不満をあらわにした。

「すまん、おまえは警察に夢を持って入ってきた。だからその夢を壊したくなかった。しかし、俺が本当のことを話さなかったばかりに、おまえを事件に巻き込む結果になった。すまないと思っている。許してくれ、伊吹……」

遠藤から素直に頭を下げられた伊吹は、逆に戸惑った。

「……先輩、顔を上げてください。事件に巻き込まれたのは俺の責任なんですから……それより、これからのこともありますので、キーラさんがなぜ協力してくれているのか、教えてもらえないですか」

「キーラはもとＫＧＢで働いていた。キリジンスキーの仲間だ。俺は殺されると思っていた。だから万が一のことを考えて、おまえを横浜のクラブへ連れていき、キーラに会わせたんだ」

4

走る車の中で話すのがいちばん安全だった。完全な密室であるばかりか、盗聴される心配もない。他人から話を聞かれる恐れもない。遠藤はその辺のことを考えて、車を使ったのだった。

「伊吹、俺たちはお互いに、自分の意思と関係なく犯罪に手を染めてしまった。警察の中にあるヤクザ組織に加担し、手を汚していたことは事実だ。いずれにしても、組織の連中は、俺たちをこのまま見過ごすようなことはしない。組織を守るためにはどんな悪辣《あくらつ》な手段を用いても、殺しにかかるはずだ」

「そうですか……」

「やつらの非情な殺し方、手口はおまえも実際に見てきて知っているはずだ。そこで伊吹、おまえに腹を割って話したいことがある」

「はい、何でも言ってください」

伊吹が真剣な表情を見せ、身を乗り出した。

「俺たちの命はいま、連中の手の中にある。おまえ、黙って殺されるのを待つ気か」

「いえ」

「伊吹、はっきり言うが、俺は組織の乗っ取りを考えている」

「えっ⁉　どういうことですか、先輩」

聞き返す伊吹の頭は混乱していた。遠藤は何を考えているのだろうと思いながら、鋭い眼差《まなざ》しを向けた。

「驚くのも無理はない。しかし、ここまできたら、もう、あとに引けない。伊吹、組織を牛耳《ぎゅうじ》っているボスが誰か知っているか」

「いえ……俺もそのことがずっと気になっていたんです。まさか岩渕では――」

「いや、やつは幹部の一人だが、ボスではない。本当のボスは、監察官の川島だ」

「川島警視が？」

伊吹はあとの言葉を出せなかった。

監察官といえば、警察組織の内部にあって絶対の権力を持っている。警察官の悪行《あくぎょう》を調べ、暴く立場にある。それだけに現職の警察官はもっとも恐れている。川島は、そんな監察官室の最高責任者なのだ。

「先輩、本当に監察官がボスなんですか」

「間違いない、おまえも俺のことで事情を聞かれたはずだ」

「ええ……」

「やつは慎重な男だ。派手な動きはしない。自分がボスだということを覚《さと》らせないで裏から命令している。しかもだ、監察官という立場を悪用して、組織のために利用価値があると狙《ねら》いをつけた警察官を陥れるために、事件をデッチあげては組織に引きずりこむ。俺たち下っ端の警察官には、監察官に逆らうと処分される、そんな意識がある。だから絶対に逆らえない。しかも警視といえば、巡査の俺たちから見ると四階級も上だ。警察の中で勤めているかぎり、白を黒と言われても、それが命令だと言われれば文句は言えない。つまり、そうした立場の違いをうまく利用して、心理的な圧迫をかけながら岩渕たち幹部に陰で命令し、実行させている」

「そうすると、警察ヤクザが全国で密売した麻薬の上がりは、ほとんど川島が吸い上げているということですか……」

「そのとおりだ。川島はその金を利用してさらに勢力を拡大しようとしている。警察組織は都道府県単位だが、警部になれば全国から警察大学校に集まってくる。そこで知り合った者を酒と女と金で落とせば、警察ヤクザの組織は全国に広まっていく」

「汚いことを……」

「警察に限ったことではないが、たしかに権力を振り翳《かざ》す者ほど権力に弱い。特に上級幹部になればなるほど、保身を図《はか》るくせに地位や権力に執着する傾向が強い。だからいったん弱みを握られると、ずるずるとのめり込んでしまうんだ」

「わかります……」

頭を縦に振りながら、警察権力を持っている者がヤクザなら、恐い相手はいない。政治家にしてもそうだが、時の権力者と結びつけばどんなことでもできる、と伊吹は思った。

「おまえも知ってのとおり、警察の組織は、警察本部を中心に警察署、派出所、駐在所と細かく地域割りされていて、全国、津々浦々にまできめ細かく網の目を広げている。その警察内部にヤクザの下部組織を作っているんだ。組織の規模からしても、権力構造からしても、既存のヤクザ組織とはまったく違う。比べものにならないほど巨大な組織がすでに出来上がっている。警察の正義などは、もうどこにもない。警察は強大な権力を握っているだけに、逆らう者は逮捕し、留置場にぶちこむ——」

「それでもなお逆らう者は、遠慮なく口を塞ぎ、始末することもできる。だから本物の極道も頭が上がらない、そういうことですか……」

「そうだ。……伊吹、ここまで膨れあがった組織に、俺たちが一人や二人で、まともに太《た》刀《ち》打《う》ちできると思うか」

「いいえ、悔しいですが……」

「たとえ警察を辞めても、やつらが俺たちを見逃すことは絶対にありえない。組織の内部を知りすぎているからな」

「つまり俺たちには、黙って相手に殺されるのを待つか、たとえ殺されても、組織と対決するか、二つに一つしか、選択の余地は残されていないということですか……」

「そうだ。しかしまだ一つだけ生き残れる方法はある。ただし、おまえの気持ちが割り切れるかどうかだ」

「俺の気持ちが？　どんな方法ですか。こうなったら、命のあるかぎり、とことんやつらと対決してやろうじゃないですか」

伊吹は、体の震えを感じた。何もしないでむざむざ殺されてたまるものか、そう思う気持ちが、心を奮《ふる》い立たせていたのだ。

「伊吹、腹を据えて聞いてほしい。俺たちが生き残れる方法は、警察ヤクザの組織を乗っ取ることしかない。力のある者が組織を支配するのは当然のこと。俺は川島に取って代わり、今の組織を牛耳る。そのためには、川島をはじめ幹部の頭を取るしかない」

「頭を取るということは、やつらを殺すということですか」

「それしかない。どうだ伊吹、俺に命を預けてくれないか」

遠藤が強い口調で言い切り、険しい眼を突きつけた。

堅く唇を塞いだ伊吹は、激しくこめかみを動かしながら考え込んだ。

極道の組織を潰したい、そう思って警察に入った。その俺が、ここで遠藤についていくということは、理屈抜きで俺が極道になるということだ。

しかし、いま俺たちが仕掛けなければ、やつらは、もっとやりたい放題のことをやる。これ以上やつらをのさばらせておくわけにはいかない。それに、俺が殺されれば、さやかさんも死ぬことになる。ここまできたらもう引き下がるわけにはいかない。殺《や》るか殺られるかしかないのなら——。

伊吹は、真っすぐに遠藤の眼を見据えて、はっきりと返事した。

「わかりました、先輩。俺の命は預けます」

「そうか、それを聞いて安心した。さやかさん、あんたはどうする」

遠藤が矛先を向けて聞いた。

「はい……伊吹さんと一緒なら喜んで命は捨てます……」

麻薬欲しさに、この二人をここまで追い詰めてしまった。少しでも罪を償《つぐな》うことができるなら——そう考えたさやかは、はっきりと覚悟を決めていた。

表情こそ硬かったが、伊吹をじっと見つめるさやかの眼差しは、これまでと違って美しく澄みきっていた。

伊吹は、内心ほっとした。と同時に男の感情が頭をもたげてくる。彼女を絶対死なすようなことはしない。俺が命を張って護ってやる、と強く自身に言い聞かせていた。

「わかった——それじゃこれから先の段取りを聞いてもらう」

遠藤は緊張で強《こわ》ばっている二人の顔をじっと見つめ、腹の内を語りはじめた。

「警察組織は指揮命令系統がはっきりしている。だから、地方にある下部組織はあまり気にすることはない。中央の組織をまず叩き、掌握すればどうにでもなる。いいか伊吹、俺たちが狙うのは、あくまでもボスの川島と幹部の岩渕、それに片山たち側近の連中とマフィアのコスネンコ、カダノフビッチだ」

「はい」

伊吹は返事をしながら改めて考えていた。

俺は犯罪者になるために警察官になったのではない。しかし、いまの俺は間違いなく犯罪者に成り下がっている。すでに麻薬の密売にどっぷり手を染めてしまっている。どうあがいたところで、元には戻れないんだ——。

だが、いつまでもやつらに脅され、殺されるかもしれないという死の影に怯《おび》えながら生きていくのは真っ平だ。そう思ったとたん、なぜか腕の傷がずきずきと痛みはじめた。

この傷の借りは必ず返してやる。伊吹は、そんな憎悪に似た激しい感情を、胸の中で煮えたぎらせていたのだった。

「伊吹、さやかさん、近々大きな麻薬の取引があるはずだ。俺とキリジンスキーに大量の麻薬を横取りされているから、今度はやつらも慎重になっている。俺の得た情報では、同時に拳銃のトカレフも密輸される」

「トカレフが、ですか……」

トカレフといえば、遠藤の彼女クリスチーンが殺されたときの凶器だ。伊吹は射殺体に残っていた、弾丸が貫通した傷跡を脳裡にはっきり思い出しながら、麻薬も拳銃も必ず奪いとってやると考えていた。

「たぶんその現場には川島も来る。そこをなんとか叩きたいのだが、ひとつだけ問題がある。どうしてもはっきりした日時と場所がつかめないんだ……」

遠藤が眉間《みけん》に深い縦皺《たてじわ》を寄せ、悔しそうに唇を嚙みしめた。

「そういえば、東原社長もそのようなことを言ってました。今度の取引は絶対に失敗は許されない。だから社長も直接取引に立ち会うと……」

さやかが思い起こした。

「そうか、いいことを聞かせてくれた。よし、東原を攻め落として、はっきりした日時と場所を聞き出す。さやかさん、すまないが一肌脱いでくれ」

遠藤の言葉に、さやかが緊張して首を縦に振った。

5

伊吹たち三人は、車内で詳細な打ち合わせを済ませた。

途中、車を停めさせた遠藤は、運転していたキーラにさやかの服を買いにいかせたあと、携帯電話をさやかに渡し、東原に電話を掛けさせた。

「社長、私です。さやかです」

さやかが切羽詰まったような声を作って喋った。

――きみか、連絡もしないで何をしている。いまどこにいるんだ！

「はい……伊吹から脅され、あちこちつれ回されていたのですが、やっと隙を見つけて逃げだしました」

――それで、伊吹はどこにいる。

「ホテルにいたのですが、慌ててどこかへ出掛けました。それより社長、伊吹は組織のリストを手に入れてました。でも安心してください。そのリストは奪って、いまここに持っていますから」

――何だって⁉

電話の向こうで東原の声が強ばる。さやかには、眉間を寄せてうろたえている東原の様子が、手に取るように見えていた。

「リストには社長の名前も私の名前も、麻薬を扱っている社員の名前も詳しく載っています。いま詳しく説明している暇はありませんが、この資料が表沙汰になれば大変なことになるところでした。とりあえずあとで確認していただきたいのですが、それよりももっと重大なことが……」

――重大なこと？　なんだ――。

「はい、社長の命に関わることなんです」

――私の？　どういうことなんだ。

「伊吹が社長を殺すと……」

――え？

東原は明らかに動揺していた。

「伊吹が電話で喋っていたことを聞いたのですから、間違いありません。おそらく電話の相手は遠藤だと思います。ですから、一刻も早く報《し》らせなければ社長が危ないと思いましたから……」

　さやかはわざと大げさに言って、傍にいる伊吹と遠藤の顔を見た。さやかに二人は小さくうなずいた。

――そうか、よく報らせてくれた。そのリスト、すぐに見せてくれ。

「もちろん届けます。でも、私も追われています。ですから社長と会うところを誰にも見られたくありません。社長、誰にも知られないようにそこを抜け出せますか」

――何とかする。で、どこで落ち合う。別荘にするか。

「ダメです、彼らに知られています。一流のホテルのほうが安心だと思います。部屋に入りさえすれば、誰にも邪魔されることはありませんから。そうですね、赤坂にある『ホテルニューワールド』の部屋を取っていただけませんか。いまから一時間後に資料を持って行きます」

――わかった、一時間後だな。

東原は強ばった声で念を押す。約束を取りつけたさやかが電話を切る。

「よし、これでいい」

遠藤が言う。

「先輩、やつらから奪った拳銃です、持っていてください」

伊吹が隠し持っていた拳銃を差し出した。

「いや、それはおまえかさやかさんが持っていろ。俺もキーラも、トカレフを持っているから心配するな。ホテル内でもし銃を使う破目になったら大騒ぎになる。このサイレンサーをつけろ」

遠藤がふてぶてしい笑みを浮かべた。

車の中で着替えを済ませた四人は、まだ時間は早かったがホテルへ直行した。東原が本当に一人で来るかどうか、尾行されていないか、確かめるために張り込みをするのだ。

キーラがホテルの玄関先から少し離れた場所に車を停める。伊吹たちはその車の中から、息を殺して様子をうかがった。

現場に着いて三十分ほど経っただろうか、タクシーが横付けされた。

来たわよ、と呟《つぶや》くキーラの声に、伊吹たちの眼が玄関先へ釘づけになった。

タクシーから降りた東原が、周囲をきょろきょろ見回し、足早にホテルの中に消えた。

「伊吹、さやかさん、段取りはわかっているな」

重ねて念を押した遠藤が、無言でうなずく二人を見つめた。

「パトが来たわ――」

キーラが緊張した声で報らせた。バックミラーに後ろから近づいてくる白黒ツートンカラーのパトカーがはっきり見えていた。

パトカーが横で停まる。

「そこの車――」

遠藤たち三人は、狭い車内でじっと息をひそめた。さやかの胸はドキドキしていた。が、伊吹は現職の警察官であるだけに、複雑な気がしていた。

「そこは駐車禁止場所だ、ただちに車を移動させなさい」

開けた車窓から見上げて言う制服の警察官に、すみません、とキーラが頭を下げ、すぐに車を出す。運転していたのが女だったせいか、さいわいそれ以上は咎められなかった。

フウ……、三人は顔を見合わせて大きく息をついた。張りつめていた気が弛《ゆる》んだからか、背筋に冷汗が出たような感じがしていた。

「さやかさん、気分が悪いのかい？」

伊吹が心配して聞く。

さやかの顔色は青ざめていた。喉が渇くのかさかんに唇を動かし、舌先で舐めている。

体は小刻みに震えているし、眼に落ち着きがなかった。

伊吹は、禁断症状が出てきたと思った。

(昨夜はホテルへ泊まった。俺が眠っている間に隠し持っていた麻薬を使ったのか、禁断症状は出なかった。朝起きてからはずっと一緒だったが、一度も麻薬は使っていない。とするとやはり禁断症状が――)

「頑張るんだ、いま薬のことを考えちゃいけない。どんなに苦しくても我慢するんだ」

「さやかさん、もう少しの辛抱だ。この仕事が終わったら、俺と伊吹で必ず麻薬とは縁を切らせる。頑張ってくれ」

伊吹と遠藤がさやかを励ます。

「はい、大丈夫です……」

「よし、伊吹、仕事にかかるぞ。さやかさん、頼んだよ」

これ以上、一刻の猶予もない。さやかが禁断症状を起こしてしまったらどうにもならなくなる。その前に東原を押さえて、麻薬取引の日時と場所をなんとしてでも聞き出さなければと遠藤は思った。

遠藤がさやかの症状を気にしながら、リストの入った封筒を渡した。

東原に会ったとき不審に思われないためには、さやかが現物を持っている必要がある。

部屋へ踏み込んで東原を押さえればリストは取り戻せると、遠藤は考えていたのだ。

封筒を受け取ったさやかは、それをしっかり胸に抱き、苦しさを我慢して車を降りた。すぐそのあとに続いて、遠藤と伊吹もホテルへ入った。

ホテルの中に入ったさやかがフロントへ行く。その間に伊吹と遠藤はエレベーターの前へ先に移動して、さやかの様子を見守った。

東原は七階の部屋をとっていた。それを確認したさやかが、なに食わぬ顔をして歩いてくる。三人は周囲を警戒しながら七階に上がり、部屋の前まで行った。

6

封筒を手にしたさやかが部屋の前に立ち、ドアをノックする。すぐに中から反応があった。

ドアが開く。

「さやか、きさま私を裏切ったな！」

さやかが部屋の中に脚を踏み入れるのと、東原の手元で銃が炸裂《さくれつ》したのとが、同時だった。開けたドアの隙間から遠藤の顔が見え、東原は瞬間的に自分の置かれている状況を理解したのだ。

「プシュッ」

銃声は、圧縮した空気が勢いよく噴出する程度の音だった。銃にサイレンサーをつけていたのだ。

「うう……」

呻《うめ》いたさやかの体が崩れ込む。

「さやかさん！」

遠藤の手に持っていたトカレフが火を噴いた。

「うわー！……」

東原のからだが後ろへ弾けとぶ。

その瞬間、銃を構えた遠藤が体を部屋の中に滑り込ませる。間をおかずに伊吹も部屋へなだれ込んだ。

「伊吹、早くさやかさんを」

遠藤が銃口を東原の頭に突きつけて、大声をあげた。

「さやかー！」

伊吹が顔色を変え、倒れたさやかを抱き締めた。手にべっとりと血が付着する。さやかは至近距離から胸をまともに撃ち抜かれていた。

「しっかりしろ！　さやかー！」

必死になってさやかの耳元で叫ぶ伊吹に、恐怖を感じるゆとりはなかった。

「あ、あなたの胸で死ねるのね……」

「何を言ってるんだ！　さやか、しっかりするんだ！」

「わ、た、し、幸せだった……い、伊吹さん、ありがとう……」

さやかの口元に、薄い笑みがわずかに浮かんだ。伊吹の胸に顔を埋めるようにガクッと首が折れた。

「さやか、死ぬんじゃない。おい、眼を開けろ。さやか、眼を開けるんだ」

伊吹が叫びながら、激しくさやかの体を揺する。だが、さやかは再び眼を開けることはなかった。

「さやか、さやか、さやか――！」

伊吹は動かないさやかを抱き締め、頬ずりするように顔を寄せて叫んだ。

せっかく立ち直ろうとしていた彼女を、この俺の前で殺した。彼女の人生を何もかもぶち壊しやがって――伊吹の胸の中には、怒りと悲しみの感情が渦《うず》を巻いて荒れていた。

「殺してやる……」

物凄い形相《ぎょうそう》をして、さやかを抱いたまま東原を睨《にら》みつけた。

腕から血を流していた東原は、遠藤に眉間に銃口を強く押しつけられ、顔色をなくしていた。

伊吹は、さやかの体を抱き上げ、ゆっくりとベッドに運んだ。そして体を横たえさせ丁寧に布団を掛けた。

東原の傍に歩み寄った伊吹が、血だらけの手に握っている拳銃で、力いっぱい顔面を殴りつけた。

「うぐー……」

東原のしかめた顔がのけ反《ぞ》る。その横腹に伊吹の靴先が深くめりこんだ。

「伊吹――」

遠藤が声をかけた。

「許さん……」

伊吹も遠藤も、真っ青になっていた。

東原の顔色は蒼さを通り越し、灰色に変わっている。引きつった頬の筋肉が口元を歪めている。ゴクリと粘《ねば》る生唾を喉の奥へ流し込む。吊り上がった眼の中で激しく黒眼を動かし、唇をぶるぶると震わせていた。

「このうじ虫が――」

伊吹が憎しみのこもった声を叩きつけ、上半身を起こした東原の顔を、再度拳銃で殴りつけた。

ごくっと鈍い音がする。悲鳴をあげ、東原の歪んだ顔が横向きになる。頬が切れ、ぱっくり開いた傷口から鮮血が噴き出した。

「伊吹、辛抱するんだ。殺すんじゃない」

遠藤の前で、血だらけになって震えている東原を見据えた伊吹は、今や本物の極道以上に極道らしい迫力があった。

伊吹は、怒りを抑えた。このまま殺してやりたいほどの憎悪に震えていたが、黙って遠藤の言葉を聞き入れた。

備え付けの冷蔵庫に眼を移した遠藤が、扉を開けてビールビンを持ち出した。東原の前でいきなりビンを叩き割った。二本、三本と同じようにして割る。あたりにガラスの破片が飛び散った。

割れたビンからビールがこぼれ出る。臭いが部屋に充満する。床に敷いてある絨毯《じゅうたん》はもとより、東原も頭からずぶ濡れになった。

「やめろ！　やめてくれ——！」

傷ついた頬を押さえている東原の手が真っ赤に染まっている。

遠藤が、スーツの内ポケットからハンカチに包んだものを取り出し、

「東原、これが何かわかるか」

と丁寧にハンカチを開いた。中から髪の毛が出てきた。

長い金髪の束の両端をくくり、きちんと三つ組に編んでいる。それは婚約者クリスチーンのものだった。

「これはな、てめえらが虫けらのように殺してゴミみたいに海に捨てた女の髪の毛だ。今の俺がどんな気持ちでいるか、てめえにわかるか」

憎悪の感情を無理に抑えつけているからだろう、五、六十センチくらいの長さはあるクリスチーンの髪の毛を強く握り締めた遠藤の手が、かすかに震えていた。

伊吹は複雑な心境で髪を見ていた。死体を発見したとき手にまとわりついた髪が、まさか遠藤の婚約者、クリスチーンのものだとは思わなかった。あのとき気持ち悪がった俺に何も言わなかったが、先輩はさぞ辛かったろう、悔しかっただろうにと思うと、たまらない気持ちになってきた。悪いことをした、そんな気持ちに襲われていたのだ。

「伊吹、東原が動けないようにしろ」

「………」

伊吹が、東原の後ろへ回り、太い腕で首を絞め上げた。

遠藤はハンカチをポケットにしまうと、わなわな震えている東原の口に髪の毛を咬《か》ませ、猿轡《さるぐつわ》をするように強く締めつけた。

死人の髪の毛が自分の口に――そんな気持ちが東原にあったからだろう、恐怖とおぞましさの感情がいっぺんに襲ってきて、歯をがちがちいわせながら震えあがっていた。

遠藤は、東原の脚の下に、割ったビールビンの破片を敷いた。

憤りを抑えきれなくなっていた伊吹が、東原の体を抱え上げた。その体を鋭利に尖《とが》った破片の上にどさっと落とした。

「ぐわー!」

東原が喉を潰したような大声をあげる。尖ったガラス片が脚の皮膚を突き通し、肉を切った。

伊吹が、東原の体をさらに強く押さえつけた。上から体重がかかり、さらに破片が肉に食い込む。足首、膝頭と、切れた傷口から真っ赤な血がしたたり落ちる。だが動けば動くだけ傷が深くなる。東原は暴れることもできず、ただ苦痛に耐えるしかなかった。

7

伊吹に射竦められた東原は、すでに声も出せないほど怯えきっていた。

遠藤は、猿轡の代わりに咬ませていたクリスチーンの頭髪を外して、ポケットの中にしまい込むと、腹の底から抉るような憎しみの言葉を叩きつけた。

「東原、てめえは欲と保身のために、部下だった逸見夫婦を爆殺したばかりか、その娘、クリスチーンまでなぶり殺しにしやがって——」

「ち、違う、私が手をかけたのではない。た、救けてくれ、頼む……」

「殺してねえだと⁉」

「ほ、本当だ、本当に私じゃない……」

「じゃ、誰が殺《や》った」

「直接手をかけたのは……逸見夫婦を殺したのはコスネンコとカダノフビッチだ。クリスチーンは片山と柴田が、だから私じゃない。私じゃない」

「てめえも共犯だろうが。密輸をするためにマフィアと組んで、二人を日本へ連れてきたのは誰だ。てめえじゃねえのか」

「私が、私が命令したんじゃない。ただ私は岩渕の命令に従っただけだ」

「おのれの手を汚さずに殺しをやらせておいて、まだ他の者に罪をなすりつけるつもりか！」

　遠藤は声を荒らげるのと同時に、首を絞め上げた。

「うう……は、放してくれ……」

「てめえがなぜ岩渕たちと組んだか、全部喋ってもらうぜ」

　遠藤が手にした血だらけの封筒で、東原の顔をひっぱたく。東原は助かりたい一心から、逆らわずに話した。

「私はロシアと長年貿易をしてきた。そんな私にコスネンコとカダノフビッチが近づいてきて、麻薬の密輸と売春する女たちの密入国の話を持ち込んできた。初めは話に乗る気などなかった。本当だ、信じてくれ。会社の経営が苦しかった、だから仕方がなかったんだ」

「仕方がなかっただと」

「……日本へロシアの女を連れてきて売春させたことと、麻薬の密輸を岩渕たちに嗅《か》ぎつけられ、会社を潰すと脅されたんだ。私は彼らに従うしかなかった。ところが、あとでわかったのだが、コスネンコたちは先に岩渕たちとつながっていた。初めから私を罠にかけるつもりで近づいたんだ」

「それで」

「それからは地獄だった。麻薬はもちろん、拳銃や女まで密輸させられ、その上がりを徹底的に吸い上げられた。あの男たちは警察の権力を使って私を陥れたんだ……」

「てめえのことなどどうでもいい、話を続けろ」

遠藤が冷たく突っぱねた。

「密輸品はすべて警察の手に渡る。犯罪を取り締まる警察が犯罪の実行者だから、絶対に捕まらない。警察と組んでいれば恐いものなどない。だからヤクザ連中も安心して密輸品を手に入れ、大っぴらに売り捌いていたんだ……」

自供する東原を睨みつけていた伊吹が、気持ちを抑えきれなくなり、拳銃を頭に押しつけて詰問した。

「東原、麻薬の取引はいつどこでやる。喋らなきゃこの場で殺す」

「や、やめてくれ……言う、言うから救けてくれ……三日後、三日後の午後十時に青海の外貿定期船埠頭《ふとう》にうちの船が着く。その船から下ろした密輸品をコスネンコとカダノフビッチが受け取り、港南水上警察署の新港団地派出所に持ち込み岩渕に渡すことになっているんだ……」

「新港団地派出所？　間違いねえな」

伊吹が念を押した。

東原が言う派出所は、ちょうど警察署の真西、芝浦運河を渡り、高浜《たかはま》運河の手前に立ち並ぶ都営港南団地の近くにある。

以前勤務していた場所だけに管内の様子は手に取るようにわかっていた。夜になると人通りも少なくなる。たとえ団地の中に人がいても、パトカーを乗りつければまったく怪しまれない。そんな場所を取引に使おうとしていたのだった。

「運ぶルートは、量は！」

遠藤が続けて聞く。

「レインボーブリッジを渡って持ち込む手筈《てはず》になっている。コカインが二十キロ、拳銃のトカレフが三百丁、あとは小型自動機関銃と手榴弾《てりゅうだん》だ……」

「なんだと」

遠藤が、ぎろっと眼を据えてさらに厳しく詰問する。

「取引には誰が立ち会う」

「岩渕の他に、たぶんボスも……他に二十人くらいは……」

「川島も来るのか……」

伊吹が呻くように呟いた。さやか、見ててくれ、必ずやつらの息の根を止めてやる。

「伊吹、行くぞ、人が来る前にここからさやかさんを連れだすんだ」

「この野郎をぶち殺さないと、さやかが浮かばれない」

伊吹は気がおさまらなかった。撃鉄を起こした伊吹は、東原の頭に銃を向け引き金に指を掛けた。

「やめろ、そんなクズのために手を汚すな。さやかさんのことを考えるなら、川島たちを殺《や》るまで我慢するんだ」

「………」

「さ、早く、さやかさんを――」

遠藤が急かせた。

伊吹は悔しさに目尻を痙攣《けいれん》させていた。怯えながらも助かったと思ったのだろう、一瞬東原が表情を緩《ゆる》めた。それが伊吹の痛む心と、今にもぶち切れそうな神経を逆撫でした。

「くそー！」

思いきり怒鳴った伊吹は、東原の顎《あご》を蹴り上げ、憎悪を叩きつけた。倒れて呻いている東原を見下ろした伊吹はベッドへ歩み寄り、さやかの胸に掛けていたシルバーのネックレスを外した。

そしてそのネックレスを、自身の首に掛けた伊吹は、さやかの体を抱え上げ、先に部屋を出た。

「東原、もう永久に怯える必要がなくなるぜ――」

冷たく言った遠藤の指が小さく動く。その瞬間、東原の頭を銃弾が吹っ飛ばした。

8

三日後の夜、遠藤と打ち合わせを済ませた伊吹は、同期の田口へ電話を入れた。指紋は柴田のものだった。

（そうか、そうだったのか――）

伊吹は、いまさらどうでもいいこと、すでに終わったことだと思いながら、その一方でさやかの行動を思い出していた。

俺が指紋を取りはじめると、彼女はどうするのかとさかんに聞いていた。今考えてみると、事情を知っていたから気になって仕方がなかったのだろう……。

それに、柴田が俺のアパートを知っていたとしても不思議ではない。

俺がランジェリークラブへ行っていた隙に、テープを抜き取った。さやかはたぶん言いそびれて苦しんでいたのだろう——と思い、逆に同情していた。

「伊吹、行くぞ——」

遠藤は、万一のことを考えて、密輸した拳銃トカレフと銃弾をたっぷり伊吹に渡した。

キリジンスキーとキーラは、遠藤から指示されたとおり、レンタカーの４ＷＤに乗り、取引現場である新港団地派出所を見張るために向かった。

一方伊吹は、遠藤と一緒に密輸品を積み込む予定になっている外貿定期船埠頭へ直行した。

伊吹が、外貿定期船埠頭に車を乗りつけたときは、すでに東原が所有している船舶は黒い巨体を岸壁に着け、ゆったりと停泊していた。

埠頭からレインボーブリッジまでは、青海の台場大橋を渡ればわずか一・五、六キロ、車を飛ばせば数分の距離である。

夜空にくっきり浮かび上がったレインボーブリッジは、ひっきりなしに車が行き交っている。

だが、現場は大手商社や運送会社の倉庫が立ち並んでいる場所で、レインボーブリッジとは対照的にひっそりしていた。

周囲が暗かったこともあって、伊吹たちの乗った乗用車を隠す場所はいくらでもあった。

（やつら、覆面パトが警護しているから安心している。もっとも、俺たちにとっては好都合だ）

伊吹は、意外に警戒が手薄だ、と思いながら様子をうかがっていた。

あまり人目につかないようにと考えたのか、三台停まっている覆面パトの傍《かたわ》らで、十人ほどの男が動いている。

おそらく東原が言ったとおり、船から降ろした密輸品を積み込んでいるのだろう、無言でトランクに荷を積み込んでいた。

（あの二人、コスネンコとカダノフビッチに違いない……）

伊吹の左腕と手の甲の傷がズキリと痛む。

はっきりと顔は見えなかったが、ときどき周囲を気にするような素振《そぶ》りを見せている背の高い男の姿を見たとたん、いっぺんに感情が昂ぶった。

キーラから無線が入る――。

「車が到着、派出所の中から片山と柴田が出てきた……岩渕と西口も、そのあとからもう一人、たぶん川島だと思います……派出所の中へ入ります」

「わかった、そのまま見張りを続けてくれ。くれぐれも気づかれないようにな」

と指示して無線を切った遠藤が、車のデジタル時計で時間を確認する。午前零時《れいじ》少し前だった。

「先輩、終わったようです」

伊吹が低い声で言う。

荷を積み込んでいた男たちの動きが止まった。

四人の男が乗用車を離れ、船に向かって歩きはじめた。コスネンコとカダノフビッチが時間を確認するようにちらっと腕を見て、またきょろきょろと周囲をうかがい、警戒する。そして揃って真ん中の車に乗りこんだ。

残った男たちが停めていた別の車に二人ずつに分かれて分乗する。三台の乗用車が動きだす直前に、遠藤の口から緊張した言葉が漏れた。

「伊吹、やつらをこの埠頭から出すな。派出所へ行く前に叩き潰す。いいな」

「はい――」

強ばった返事をして、伊吹が静かに車を出した。

コスネンコたちが車を停めている道路と、倉庫を挟んで約二十メートルの間隔をおいて台場大橋に出る広い道路が並行している。

伊吹は、その道路に出て、外貿定期船埠頭の出口にある青海中央埠頭公園の入り口で、レインボーブリッジの方へ車体の前部を向けて車を停めた。

「伊吹、いちばん前の車を狙え」

「はい」

伊吹の喉元が膨れる。全身に緊張が走り、口中にじんわりと滲《にじ》み出てくる生唾を喉の奥へ流し込んだのだ。

遠藤は、最前列の車を停めれば何とかなる、いや、それしかないと思っていた。そのためにはタイヤを撃ち、パンクさせるのがいちばん手っ取りばやい。それに、狙撃すれば相手は慌てる。いかに冷静で残忍な男でも自身の命が狙われたとなると、心理的に動揺する。そのわずかな隙をついて密輸品を奪う計画だった。

相手は銃を持っている。まかり間違えば二人とも命を落とすことになる。だから、絶対に襲撃の失敗は許されなかった。

しかし伊吹は、標的の黒点、それもほとんど同じ場所を撃ちぬくほど確かな射撃の腕を持っている。そのことをよく知っていた遠藤は安心していた。

遠藤も伊吹も、殺られる前に殺ってやる、と腹を据えていた。

伊吹が車から降りる。代わって遠藤が運転席についてハンドルを握った。

建物の陰に身を隠して、コスネンコたちの乗用車が来るのを待っていた伊吹の耳が、かすかなエンジンの音をとらえた。

張り詰めた空気が伊吹の体を包み込む。目尻の筋肉がヒクヒクッと激しく痙攣した。

トカレフを取り出した伊吹は、眉間に縦皺をつくり、真っすぐ縦一列に連なって走ってくるコスネンコたちの乗った乗用車に鋭い眼差しを突き立てた。

伊吹は、最前列の車影を睨み据え、建物の角に銃身をつけて、固定して構えた。

銃身の先端に突起している照星と、手前にある凹《くぼ》んだ照門を一直線に合わせる。前照灯の明かりでわずかに見える車の右前輪に向けて、照準を合わせる。ぴたりと狙いを定め、大きく吸いこんだ伊吹は息を止めた。

三台の車は、道路が直線的であったことと、派出所で川島たちと取引する約束の時間がすでに過ぎているからだろう、物凄いスピードで突っ走ってきた。

拳銃が動かないように中指と薬指と小指でしっかり銃把を握り締め、手のひらに固定する。引き金にかけている伊吹の太い指がゆっくり、静かに動いた。

プシュッ！——。

小さな銃声と同時に、タイヤの破裂する音が暗闇をつんざく。路面を激しく摩擦する音が、建物の壁にぶちあたり跳ね返る。さらに、ドーン、ドーンと大きな音が周囲の空気を揺るがした。

三台の車がちょうどスピードをあげ、勢いがついたところでいちばん前の車が急ブレーキを踏んだ。真ん中を走っていたコスネンコたちの乗った車が追突する。つづいて、その後ろから最後尾の車がまともに突っかけたのである。

タイヤを撃ち抜かれた車が右にハンドルをとられた。道路を斜めに突っ切った乗用車は、そのまま真っすぐ海中にダイビングした。

コスネンコたちの乗った車ともう一台の車が、激しい軋《きし》み音をたてながら蛇行する。ブレーキをかけたが間に合わなかった。伊吹が身を隠していた建物の壁面をこすり火花を散らしながら、積み荷用のコンテナに正面から突っ込んだ。

車の前部は大破していた。内からドアをこじ開けたコスネンコとカダノフビッチが、外へ転がり出た。衝突したとき頭と顔を打ちつけて切ったのだろう、傷ついた顔面は血だらけになっていた。

コスネンコたちの手には銃が握られていた。その後ろから同じように車から這い出した男たち二人が、手に手に銃を持ち、建物の陰に身を隠した。

動かなくなった車を盾《たて》に、闇を透かしてみるカダノフビッチの眼に、ちらっと伊吹の影が見えた。手元の銃がたてつづけに炸裂する。

そのカダノフビッチめがけて伊吹の銃が火を噴く。

アッ、と声をあげたカダノフビッチの体が、もんどり打って後ろに倒れた。銃弾は確実に頭部を撃ち抜いていた。

「伊吹、危ない！」

大声をあげた遠藤が、つづけざまに引き金を引いた。

同時に三発、四発の銃声が響く。伊吹の背後から忍び寄った男が発砲する寸前、車から降りて援護にきた遠藤が銃弾をぶち込み、振り向きざま身を伏せた伊吹が、間髪《かんはつ》を容《い》れずに男の一人を狙い撃ちした。

胸と頭から血を飛び散らせた男たちが絶叫して倒れこむ。

「伊吹！　伊吹、大丈夫か！」

傍に駆け寄ってきた遠藤が、伊吹の安否を気遣った。身を伏せたとき撃たれたと思ったのである。

「大丈夫です」

「そうか、よかった……」

ほっとした遠藤の耳元を、やみくもに乱射したコスネンコの銃弾が掠《かす》めた。思わず首を竦《すく》めた遠藤が眉を吊り上げた。

野郎——と激しい言葉を吐き捨てた遠藤が、暗がりの中から見える拳銃の炎めがけて引き金を引いた。

「うわー！」

絶叫するコスネンコの声が闇の中に尾を引いて消えてゆく。遠藤と伊吹が銃を身構え、じっと警戒の眼を向けたが、それっきり銃声は聞こえてこなかった。

9

コスネンコが乗っていた乗用車のトランクから、東原が自供したとおり、麻薬と拳銃トカレフ、自動機関銃、それに十個の手榴弾が出てきた。

キーラからの無線連絡で、川島をはじめ警察ヤクザの連中がすでに新港団地派出所に集まっていることはわかっている。

密輸品を奪い乗用車に積み替えた伊吹と遠藤は、手榴弾を半分ずつポケットの中に捻《ね》じ込んだ。ハンドルを握った伊吹の横で、遠藤がキーラに無線を入れた。そして、ただちに麻薬の受け渡し場所である新港団地派出所へ直行した。

拳銃だけでまともにやりあってもまず勝ち目はない。勝負は一気につけなければこちらが殺られる。時間が長引けばそれだけ戦いは不利になる——。

伊吹は、自分が派出所勤めをしていながら、改めて小さな派出所が一種の要塞《ようさい》のように思えてならなかった。

伊吹と遠藤は、事前に調べていた百五十〜二百メートルくらい離れた場所で、派出所がよく見える位置に車を停めた。無線でキーラと逐一《ちくいち》連絡を取りながら、伊吹は、遠藤が用意していたライフル用のスコープで派出所の動きをうかがっていた。

「先輩、動きが激しくなったようです」

通報が入ったのだろう、覆面パトが動きはじめた。顔見知りの刑事が六、七人派出所の前に立ち、着ているスーツの前を開けて、いつでも拳銃が抜き出せるような体勢をとって、周囲を警戒している。

(川島と岩渕は中にいるのか。堂園は来ていないのだろうか……)

片山と西口が、派出所を出たり入ったりしている。苛《いら》ついている感じと、警戒が厳しくなった様子がはっきり見てとれた。伊吹は堂園のことを気にしながら、さらに派出所の動きを見張っていた。

「貸してみろ」

遠藤が、伊吹からスコープを受け取って派出所の入り口を見た。

三人、四人――いや、あそこにも、向こうにも立っている。派出所の入り口を塞ぐように固めている。

これだけ警戒が厳しくなれば、うかつに手は出せない。しかし、ここで川島の命を取り、はっきりと決着をつけなければ、二度とチャンスは回ってこないだろう。次の攻撃を仕掛ける前にこっちが殺られる。

遠藤は、現場を見ながらどこから攻撃を仕掛けようかと考えていた。

組織を叩き潰すには、何としても川島と岩渕たち幹部を始末しなければならない。もしここで川島に逃げられるようなことにでもなれば、これまでの動きが一瞬にして水泡と化す。警察内部のヤクザ組織を乗っ取るどころか、今まで以上に組織を固められる。

伊吹にスコープを返した遠藤は、焦《あせ》っていた。

事前に相手の人数や所持している武器のことも計算の中に入れていた。が、派出所というごく限られた狭い場所を対象にした攻撃が、これほどやりにくいとは思っていなかった。

ここで見張っているわれわれもすぐ気づかれる。その前になんとかしなければ。遠藤はキーラたちのことが気になり、無線を握った。

「俺だ、何も変わったことはないか」

「今のところ何もありません。ただ、パトカーの動きが激しくなったようです」

キーラの強ばった声が入ってきた。

「わかった、すぐそこを離れてこちらに移動するんだ」

「わかりました」

「やつらに気づかれないように注意してくるんだ。もし、途中で危険を感じたら、すぐに現場から離れろ。いいな」

遠藤が厳しく指示して無線を切った。

「先輩、柴田が出掛けるようです。途中で殺りますか」

白バイにまたがる柴田の姿をとらえた伊吹が、声を落として言う。

「いや、いまここを離れるわけにはいかない。俺たちの狙いはあくまでも川島と岩渕だ。やつはただ様子を見に行くだけだろう、いずれ戻ってくる。それまで川島たちは、ここを動かないはずだ」

「一人ずつ殺るほうが確実じゃ……」

「いや、いっぺんに片づける。心配するな、俺に任せろ」

と言ってバックミラーをのぞいた遠藤の顔色が変わった。緊張した声が、一瞬にして車内の空気を重くした。

「伊吹、後ろから誰か来る——」

「堂園……」

運転席から助手席の方を振り向いた伊吹の眼が、はっきり堂園の顔をとらえた。

派出所から離れていたこともあって、つい油断していた。前ばかりに気を取られていて、私服姿で歩いてくる堂園にはまったく気がつかなかったのだ。

バックミラーに映っていた人影は小さく見えていたが、堂園はすぐ車の傍まで近づいて来ていたのだった。

「やはりおまえたち——うわーっ！」

助手席の外から中をのぞいた瞬間、堂園の体は後ろにのけ反っていた。

硝煙《しょうえん》の匂いが車内に充満する。遠藤が車の中から下ろしていたドアの窓越しに、反射的に銃を撃っていたのだ。

弾けた傷口から血がふっとぶ。遠藤の顔に、飛散した血が降りかかった。銃弾は、確実に堂園の眉間を撃ち抜いていた。

路上に倒れこみ激しく痙攣していた堂園の体は、すぐにぐったりした。二度と立ち上がることも、声を出すこともなかった。

しまった！――と遠藤が思ったときは遅かった。悲鳴を聞いた柴田がこちらに気づいて白バイに飛び乗った。

反射的に拳銃を握り締めた遠藤が、正面に銃口を向けた。

伊吹の眼に、白バイに乗って走ってくる柴田の姿が映った。考える暇も躊躇《ちゅうちょ》している余裕もなかった。

「伊吹、外へ出ろ――！」

遠藤が伊吹の体を突き倒すように横から力任せに押した。咄嗟《とっさ》のことで避ける間はなかった。不意を衝《つ》かれ、伊吹の大きな体が、車の外へ転がり落ちる。

運転席へ素早く体を移した遠藤が、

「伊吹、あとは頼んだぞ！」

と声を張りあげると、猛然と車を走らせた。

伊吹は、止めることができなかった。拳銃を握り締めて車の後ろを追った。

伊吹の目の前で、白バイに乗り疾走してきた柴田めがけて、遠藤が乗用車ごと突っ込んだ。

バンパーに引っ掛けられた柴田が、大きく宙を舞う。音をたてて倒れた白バイが、火花を散らしながらアスファルトの路面を抉《えぐ》り滑走する。

「ぎや――！」

起き上がりかけた柴田が絶叫する。頭を轢《ひ》かれ、弾かれた体が回転して乗用車の下に巻き込まれた。

懸命に走る伊吹と乗用車の距離が、ぐんぐん離れる。

派出所の表に、川島と岩渕が自動小銃を片手に飛び出してきた。その周囲を、やはり自動小銃を持ち出した片山と西口、そして、五、六人の私服刑事が固めた。

前照灯の強い光に照らし出された川島たちの姿をとらえた遠藤が、片手でハンドルを握ったまま、手榴弾を握りピンを抜いた。

安全装置を握り締め、わーっ、と大声を出した遠藤がアクセルを踏みつけた。

パーン、パーン。拳銃が炸裂し、銃声が響き渡る。

ダダダ、ダダダ、ダダダ――。

続けざまに自動小銃が連射される。

猛然と突っ走る乗用車めがけて銃弾が浴びせられた。乗用車は真っすぐ派出所へ向けて突っ込んだ。

「先輩ー！」

伊吹が叫ぶと同時に轟音《ごうおん》が闇を裂いた。

爆発で窓が飛ばされ、壁が飛び散り、屋根が空に跳ね上がる。

千切れた腕が飛ばされ、体からもぎ取られた血だらけの脚が投げ出されていた。

派出所の前から車に移動しようとしていた川島たちの体が、爆風に弾き飛ばされてアスファルトの路面に叩きつけられた。

伊吹は夢中で走った。撃たれる、そんな恐怖はない。ただ、遠藤の名を叫びながら派出所へ向けて走った。

伊吹の耳に苦しそうな呻《うめ》き声が聞こえる。

頭を飛ばされた男の遺体、血まみれになった私服刑事の遺体が無造作に転がっている。

その横で、血まみれになった岩渕と西口が俯《うつぶ》せになって苦しんでいた。

「てめえら……許さん――」

伊吹が岩渕に銃口を向けた。

「伊吹、きさま……」

岩渕が顔を上げる。

「俺たちを陥れやがって——」

怒りを吐き捨てた伊吹の体が、ビクッと痙攣した。

パーン、銃声が鳴る。

ハッとして振り向きざま銃を構えた伊吹の眼に、悶絶《もんぜつ》する片山の顔と、４ＷＤの車窓から顔を出し、銃を向けているキーラとキリジンスキーの姿が見えた。

「伊吹さん！　早く——」

「野郎！……」

伊吹が怒りを吐き捨てたと同時に、また銃声が耳を抉る。

ううっ……伊吹の頬に焼けつくような痛みが走る。弾丸が頬を掠めたのである。

上半身を起こした岩渕が、震える手に銃を握り締めていた。

「ふざけやがって……」

憎悪を叩きつけ、銃を向けた伊吹の前で、岩渕と西口の体が跳ねる。キリジンスキーが撃ったトカレフの弾丸が、二人の頭を撃ち抜いていた。

「伊吹さん！　危ない！」

キーラの金切り声が聞こえた瞬間、自動小銃が乱射された。

肩から血を噴き上げた伊吹の巨体がもんどり打って倒れる。地面に伏し、岩渕と西口の死体を盾代わりにして身を隠した。伊吹の眼に、車の陰に隠れ自動小銃を構えた川島の姿が見えた。

「ナメやがって……」

伊吹が、岩渕の死体で銃身を固定し、川島に狙いを定めた。

ダダダ、ダダダ――。

川島が再び撃ってくる。岩渕と西口の死体が弾かれ、肉片が千切れて飛び散った。

キーラとキリジンスキーが応戦する。一瞬川島が気を取られた瞬間、伊吹の指が鋭敏に動いた。

「うぐ――！……」

車の陰から川島の体が捻《ねじ》れるようにして倒れる。銃弾は確実に川島の頭を撃ち抜いていた。

消防車とパトカーのサイレンの音が鳴り響く。伊吹は４ＷＤの後部座席へ飛び乗った。

キーラが猛然と車を発進させる。

首に掛けたさやかのネックレスを、血だらけの手でしっかり握り締めた伊吹は、先輩、必ず俺が極道の後を引き継ぎます、と心の中で固く誓っていた。

エピローグ

それから一カ月——。

月日は瞬《またた》く間に過ぎた。傷の手当てをするために入院していた伊吹の病室に、キーラとキリジンスキーが見舞いに来ていた。

伊吹は順調に快復していた。傷もほとんど癒《い》えていた。

ベッドの上に上半身を起こした伊吹に、キーラが聞いた。

「伊吹さん、これからどうなるのですか?」

「そのことなら気にしなくていい。報道機関に、左翼ゲリラの組織から犯行を認める声明が届いたんだ」

「ゲリラ?」

キーラが怪訝《けげん》な顔を見せた。

「そうだ、それでいいんだ、キーラ」

キリジンスキーが言って、伊吹と顔を見合わせた。

「いいかい、遠藤先輩が調べたリストを見ればわかるが、この事件が表沙汰《おもてざた》になると警察内部だけではなく、政界にもかなり金が流れているようだから、困る者が大勢出てくる。だから、政府と警察権力に敵対する左翼ゲリラ集団が、犯行声明を出したことになっているんだ」

「犯行をでっちあげた。なるほど、そういうことに……」

大きくうなずくキーラに、キリジンスキーが説明を加えた。

「まったく存在しない組織の犯行なら、捜査のしようがないし、絶対に犯人も捕まらないだろ」

「結局、今度の事件はウヤムヤになるということですか」

「うん。それに密輸品のことは誰にも気づかれていない。川島たち幹部が密輸ルートを握っていた。だから、俺たち以外に真実を知る者は誰もいない。だから永久にこの事件が解決されることはない。これは初めから迷宮入りになる事件だった」

「そうね、でも遠藤さんとさやかさんが生きていたら……」

キーラが、ふと寂しそうな表情を見せた。

友達を失ったことで、いたたまれない気持ちに襲われていたのだ。

「キリジンスキー、キーラさん、これからどうしますか」

伊吹が身の振り方を聞いた。

キーラがちらっとキリジンスキーの顔を見て、言いにくそうに言う。

「私たち、ロシアへ帰って結婚しようと話し合ったんです。これから先のことはまた二人で相談します」

「結婚ですか、それはいい、おめでとう」

笑顔を見せる伊吹に、キリジンスキーが硬い表情を見せて聞いた。

「それより、伊吹さんはこれからどうするのですか？」

「俺は遠藤先輩に約束したことがあります。その約束を果たさなければ、俺たちを救《たす》けてくれた先輩の死に、報いることができませんから」

「やはり、警察ヤクザの組織の頂点に立つつもりですか」

「もうあとに引けません。これからは先輩の残してくれたリストをもとに、組織を固めていきます」

伊吹はすでにワルに徹する覚悟はできていた。遠藤という頼りになる先輩を失い、さやかまで失った。伊吹はそれしかないと考えていた。

「私もキーラと二人で、コスネンコが創った組織『バーバヤ』を、この手に入れてみせます。再会するのが愉《たの》しみですね」

キリジンスキーの言葉にうなずいた伊吹は、二人の顔を見つめながら、先のことを考えていた。

遠藤先輩が隠していた麻薬は、まだ派出所の床の下にそっくり残っている。あとはキリジンスキーがマフィアを牛耳《ぎゅうじ》ってくれれば、もっと組織をでかくすることができる。これも俺の人生、警察ヤクザの頂点に立つのも悪くはない——。

キリジンスキーが手を差し伸べる。男と男の手が、がっしり握り合う。その姿を、横からじっとキーラが見守っていた。

あとがき

変死体——好んで対面したい相手ではないが、警察官であれば好むと好まざるとにかかわらず、つき合わなければならない。

テレビや映画に出てくるような偽物の死体は、どんなにメイクでそれらしく作ったところで、しょせん偽物である。

ところが本物の死体、特に殺人などに関わる変死体ともなれば、綺麗なものだけとは限らない。むしろ、顔を背《そむ》けたくなるような死体が多い。

『汚れた警官』に出てくる主人公の伊吹《いぶき》が、水死体の女性の髪の毛が手にまつわりつき、はなれないというのは、実際の体験を思い出しながら書いたものである。

変死体と遭遇したときの恐怖、そのときの感じというのは何年、何十年経ってもけっして忘れられないものである。

私が初めて警察官として変死体と対面したときの印象はいまでもはっきり覚えているが、そのときは、ただ、恐怖、気持ち悪さ、吐き気、そんなものばかりで、警察官になったことを悔やんだものである。

そのとき先輩からこんなアドバイスをもらった。死体だと思うから恐い、人としての礼儀は忘れてはならないが、一個の物体だと考えろ。死体だからといって逃げていたのでは警察の仕事はできない。警察官としては失格だ。警察を辞めたくなければ死体と友達になってみろ、とである。

死体と友達になる――そのときはとんでもないと思った。ところが〝慣れ〟とは恐ろしいもの。私が司法警察員として実際に死体を検視するようになり、何度も何度も変死体と対面していると、いつのまにか死体が恐くなくなってしまう。それこそどんな変死体を見ても恐さは感じなくなり、特に歓迎はしないが、友達になれたのである。

たしかに殺人事件はまず死体を検視することから始まる。もちろん死体は声を出して事件を教えてくれるわけではないが、犯人を見ているし、事件の内容を無言のうちに語ってくれているのである。つまり、先輩が言いたかったのはこの点だったのである。

それと同じで、警察官を長年やっていると〝慣れ〟がとんでもない犯罪を引き起こすことになる。

多くの警察官は、いろいろ世間から文句をいわれ批判を浴びながらも、警察官であるがゆえに自身の命を的《まと》にし、あるいは家族を犠牲にしてまで他人のために必死になって犯罪を追っている。

ところが警察という権力の中にいるという慣れが、たまに油断となってとんでもない間違いを起こさせることがある。いわゆる警察官の不祥事としてマスコミを賑わすような事件がそれである。

この小説はもちろんフィクションであり、実際に警察の中にヤクザがいたり麻薬シンジケートがあるということはない。

ただ、警察実務を経験した者として、もし警察官が悪事を働こうとすれば、という視点から考えられる可能性を頭の中で想像しながら、話を作ってみた。それがこの『汚れた警官』なのである。

たとえば、派出所や駐在所に麻薬を隠していたとしたら、売買の拠点として使ったとしたら、まず一般大衆にはわからないだろう。

また、かりに警察の中にヤクザ組織を作ったとしたら、権力があるだけに世間で言う極道はまったく手を出せないだろうし、逆に、安心して麻薬でも拳銃などの武器でも、半ば公然と取引ができるはずである。

つまり、犯罪を取り締まる側の立場にある警察が、その権力を逆に使えばどうなるか。そこのところを想像し、考え、納得しながらこの小説を愉《たの》しんでいただければ幸いである。ではまた本でお会いしましょう——。

一九九三年十一月

龍《りゅう》 一京《いつきょう》

（本書は、平成五年十二月に刊行した作品を、
大きな文字に組み直した「新装版」です）

汚れた警官

一〇〇字書評

切・り・取・り・線

購買動機（新聞、雑誌名を記入するか、あるいは○をつけてください）	
□（　　　　　　）の広告を見て	
□（　　　　　　）の書評を見て	
□ 知人のすすめで	□ タイトルに惹かれて
□ カバーが良かったから	□ 内容が面白そうだから
□ 好きな作家だから	□ 好きな分野の本だから

・最近、最も感銘を受けた作品名をお書き下さい

・あなたのお好きな作家名をお書き下さい

・その他、ご要望がありましたらお書き下さい

住所	〒				
氏名		職業		年齢	
Eメール	※携帯には配信できません		新刊情報等のメール配信を 希望する・しない		

この本の感想を、編集部までお寄せいただけたらありがたく存じます。今後の企画の参考にさせていただきます。Eメールでも結構です。

いただいた「一〇〇字書評」は、新聞・雑誌等に紹介させていただくことがあります。その場合はお礼として特製図書カードを差し上げます。

前ページの原稿用紙に書評をお書きの上、切り取り、左記までお送り下さい。宛先の住所は不要です。

なお、ご記入いただいたお名前、ご住所等は、書評紹介の事前了解、謝礼のお届けのためだけに利用し、そのほかの目的のために利用することはありません。

〒一〇一－八七〇一
祥伝社文庫編集長　坂口芳和
電話　〇三（三二六五）二〇八〇

祥伝社ホームページの「ブックレビュー」からも、書き込めます。
http://www.shodensha.co.jp/bookreview/

祥伝社文庫

汚《よご》れた警官《けいかん》　新装版

平成27年3月20日　初版第1刷発行

著　者　龍《りゅう》　一京《いつきょう》

発行者　竹内和芳

発行所　祥伝社《しょうでんしゃ》

東京都千代田区神田神保町3-3

〒101-8701

電話　03（3265）2081（販売部）

電話　03（3265）2080（編集部）

電話　03（3265）3622（業務部）

http://www.shodensha.co.jp/

印刷所　堀内印刷

製本所　ナショナル製本

Printed in Japan ©2015, Ikkyō Ryū　ISBN978-4-396-34100-8 C0193

祥伝社文庫　今月の新刊

西村京太郎　**夜の脅迫者**
悪意はあなたのすぐ隣りに…
ひと味違うサスペンス短編集。

南　英男　**手錠**
鮮やかな手口、容赦なき口封じ。マル暴刑事が挑む！

長田一志　**八ヶ岳・やまびこ不動産へようこそ**
わけあり物件には人々の切なる人生が。心に響く感動作！

龍　一京　**汚れた警官**　新装版
先輩警官は麻薬の密売人？
背後には法も裁けぬ巨悪が！

鳥羽　亮　**鬼神になりて**　首斬り雲十郎
護れ、幼き姉弟の思い。
悪辣な刺客に立ち向かう。

井川香四郎　**取替屋**　新・神楽坂咲花堂
義賊か大悪党か。江戸に戻った綸太郎が心の真贋を見抜く。

睦月影郎　**みだれ桜**
切腹を待つのみの無垢な美女剣士に最期の願いと迫られ…

喜安幸夫　**隠密家族　御落胤《ごらくいん》**
罪作りな〝兄〟吉宗を救う、〝家族〟最後の戦いとは!?

佐伯泰英
完本　**密命**　巻之一　見参！　寒月霞《かすみ》斬り
一剣が悪を斬り、家族を守る色褪せぬ規格外の時代大河！

完本　**密命**　巻之二　弦月三十二人斬り
放蕩息子、けなげな娘…御用繁多な父に遠大な陰謀が迫る。